AF387627

Bibliografische Information der Deutschen Nationalbibliothek:
Die Deutsche Nationalbibliothek verzeichnet diese Publikation
in der Deutschen Nationalbibliografie; detaillierte bibliografische
Daten sind im Internet über *dnb.dnb.de* abrufbar.

©Gai Jeger 2020
Herstellung und Verlag: *BoD – Books on Demand, Norderstedt*

Lektorat: *Mari Augmair*
Umschlaggestaltung/Buchgestaltung/Satz:
*www.artsurroundsystem.eu*
Cover-Illustration: *artsurroundsystem.eu/Milena Krobath*

ISBN 978-3-751972-000
€ 9,50

**Gai Jeger,** Jahrgang 1964, Autorin, Fotografin, Grafikdesignerin, lebt und arbeitet in Wien, Kärnten und Friaul.

**Milena Krobath,** Jahrgang 1986, Illustratorin, Fotografin, Filmemacherin, lebt und arbeitet in Wien.

*Dann herrschte eine Stille, wie er sie noch nie erlebt hatte:*
*In ihr schwiegen die Jahre.*
*(Pascal Mercier, „Nachtzug nach Lissabon")*

*In memoriam Leopold Poldi Engelmann & Harry Spiegel*

**NACHHER**

Es ist dunkel. Draußen und hier drinnen. Auf dem Kästchen in der Küchennische flackern zaghaft Kerzenflammen. Je weniger Licht, desto besser, denkt Sara. Man muss unauffällig bleiben in diesen Zeiten. Sie hört ein leises Klopfen an der Fensterscheibe. Vorsichtig zieht sie den Vorhang zur Seite und lugt hinaus. Als sich ihre Augen an die Finsternis, die draußen herrscht, gewöhnt haben, erkennt sie vage die Umrisse eines Mannes. Kraushaar, groß gewachsen, schlank, ja, mager. Eine bekannte Silhouette. Endlich.

Sie eilt zur Tür und öffnet sie einen Spalt breit.

– Karl?

– Ja, ich bin's.

Beide flüstern unwillkürlich. Sie zieht die Türe weiter auf und lässt ihn eintreten.

– Endlich bist du da, sagt sie leise und umarmt ihn. Er lässt sie gewähren und legt behutsam auch seine Arme um ihren Körper.

– Es ist lange her.

– Ja, sagt er.

**VORHER**

Ella greift nach dem Geschirr. Sie greift es sorgfältig an. Ihre Hände sind es gewohnt, die Dinge sorgfältig zu berühren, die Großmutter hat ihr das beigebracht. Auch ihr Schritt ist gewissenhaft, sorgfältig, bedacht. Ihr Lachen auch. Alles. Alles, was sie tut, scheint überlegt. Es gefällt ihr an Anton, dass er das ganze Gegenteil ihrer ist. Anton.

Ein Teller rutscht aus der Hand, fällt zu Boden und bricht. Da nützt die ganze Sorgfalt nicht. Sie sieht den Teller fallen, kann aber nichts mehr dagegen unternehmen. Er fällt und zerbricht an der Berührung mit dem Fliesenboden. Ein berstender Ton schneidet ihr ins Ohr. Fassungslos schaut sie auf die Scherben, die vor ihren Füßen liegen. Doch sie besinnt sich rasch und geht in die Abstellkammer, um Besen und Schaufel zu holen. Dann kehrt sie mit ebenso sorgfältiger Geste die Scherben zusammen, wie sie zuvor die Teller in die Hand genommen hat.

Als Kind spielte sie oft am Spielplatz in der Nähe des Hauses der Großmutter mit den anderen Kindern aus dem Dorf. Wenn die sie nach ihren Eltern fragten, erzählte sie ihnen Geschichten von ihrem

Vater, der als Kapitän über die großen Meere fahren würde. Der Wind und Wellen trotzt und mächtig ist mit seinem riesigen Schiff. Der die Ozeane wie seine eigene Westentasche kennt und immer den richtigen Weg findet. Ein Mal im Jahr würde er in einem Hafen einlaufen, um sie und ihre Mutter zu treffen.

Sie erfand diese Geschichten mit Sorgfalt. Damit sie glaubwürdig erschienen. Sie erfand ihre Mutter, sie erfand ihren Vater, den Kapitän. Auch eine Schwester erfand sie aus Langeweile und vielleicht auch aus Notwendigkeit, weil die Kinder um neue Geschichten bettelten. Und einen Bruder, der schon erwachsen war, damals als sie ein Kind war, erfand sie auch.

Wenn sie erzählte, dann saßen die anderen Kinder mit staunenden Augen und aufgerissenen Mündern um sie herum und fragten, – Wirklich, ist das wirklich wahr?

Und stolz antwortete sie, – Ja natürlich, das ist wahr.


Ella schüttet die Scherben in den Mülleimer. Klirrend rutschen sie in den Kübel und zerbrechen während sie fallen in noch kleinere Stücke.

Sie schaut auf die Uhr. Es ist schon fast zehn. Sie sollte noch einkaufen, ein paar Dinge besorgen, denn mittags würden die Kinder heimkommen, wild und hungrig würden sie in die Küche toben und rufen, – Was gibt es zu essen?

Wie an jedem Wochentag würden sie hereinpreschen mit ihren schmutzigen Schuhen und Ella würde laut und bestimmt sagen, – Zieht euch die Schuhe aus, bevor ihr hereinkommt.

Sie wirft noch einmal einen Blick auf die Uhr, geht dann in die Vorratskammer, um zu sehen, ob nicht doch genug zu Hause wäre für ein einfaches Essen, sodass sie es sich ersparen würde hinauszugehen, um etwas einzukaufen.

Sara würde ohnehin ihre Lippen schürzen, sobald sie hereintritt und würde sagen, – Das schmeckt mir nicht.

Egal, was auf dem Herd steht. Sie würde zum Kühlschrank trippeln, um zu sehen, ob Joghurt da wäre und wenn nicht, würde sie zum Brotkorb schauen und sich eine Scheibe Toast nehmen.

Für ihre zwölf Jahre ist sie groß gewachsen, fast zu groß, denkt Ella.

Sara würde sagen, – Mama, was du kochst, das macht fett. Und Ella würde lächeln, weil sie diesen Satz erwartet hatte und würde sich abwenden und die Teller vollfüllen mit Kartoffelbrei und Schnitzel oder Ähnlichem und sie würde die Teller auf den Tisch stellen und sagen, – Iss, mein Schatz, du musst ja nicht alles aufessen.

Täglich das gleiche Spiel, ein Spiel mit dem Essen, mit Essen soll man nicht spielen, sagt Ella zu sich und lächelt vage. Sie fragt sich, wie lange dies Spiel wohl noch seine Fortsetzung finden würde. Das Spiel, das sie und ihre Tochter alltäglich miteinander spielen. Eines Tages würde es zwangsläufig ein Ende haben und sie würde mittags warten und es würde keiner mehr kommen, niemand, der schmutzige Schuhe trägt, niemand mehr, der ihr Essen schlecht findet. Kein Spiel also mehr. Umso wichtiger, denkt Ella, ist dieses Spiel, umso wichtiger ist die Gegenwart, in der wir dieses Ritual vollziehen.

Sie findet Kartoffeln in der Vorratskammer, legt jene, die sie benötigen wird in eine Schüssel und geht zurück in die Küche. Jeden Herbst gräbt sie die Kartoffeln aus dem Acker ihrer Großmutter. Sie sind ohne Spritzmittel gewachsen. Sie sind, was man heutzutage so wichtig findet, biologisch. Im Kühlschrank liegen noch ein paar Würstchen und sie denkt, das ist zwar nicht, was ich wollte, aber es gibt eben nichts anderes heute. Auch die Würstchen sind biologischer Herkunft, stammen von gut gehaltenen Tieren, die sie vielleicht sogar gekannt hat, von einem Bauern in der Nähe, der die Tiere selbst schlachtet, unbedenkliches Fleisch.

Sie stellt die Schüssel mit den Kartoffeln in die Abwasch und lässt Wasser hineinrinnen. Perlen, tausende Wasserperlen ringeln sich hinab und vereinen sich in der Schüssel zu Flüssigkeit, bis die Kartoffeln ganz bedeckt sind. Der Erdstaub, der den Kartoffeln anhaftet, vermischt sich mit dem klaren Wasser und so entsteht eine unappetitliche Brühe, die Ella sogleich fortleert und erneut lässt sie Wasser hineinrinnen, um es gleich noch einmal abzugießen.

Sie stellt die Schüssel mit den nun sauberen Kartoffeln auf die Anrichte und geht in den Garten hinaus, um frischen Salat aus der Erde zu stechen. Sara wird zumindest den Salat essen, denkt Ella und winkt einer Nachbarin zu, die gerade ihren Rasen mäht. Mit hochrotem Gesicht schiebt sie ihren korpulenten Körper über die Wiese und den Rasenmäher vor sich her. Schweiß rinnt ihre Wangen entlang, die Augen sind zu dünnen Schlitzen zusammengekniffen.

Hat sie im Haus nichts zu tun, denkt Ella und lächelt über den Gartenzaun hinüber in die verzerrte Grimasse der beleibten Nachbarin. Die wiederum hebt im Gegenzug ihre Hand zum Gruß, nur kurz, um sogleich ihre sichtlich anstrengende Arbeit fortzuführen. Ella ist froh, dass ihre Nachbarin so beschäftigt ist, denn wäre sie es nicht, so würde sie wohl an den Zaun herantreten und sie in ein Gespräch verwickeln, dem Ella nicht entkommen könnte, ohne sie zu verärgern. Es gilt als unfreundlich an diesem Ort, mit seinen Nachbarn keine freundschaftlichen Gespräche zu führen. Dieser Ort, denkt Ella, wie hat Anton das nur zustande bringen können, an diesem Ort?

Sie geht zurück und beginnt die Kartoffeln zu schälen, unter der schmutzigen Schale findet sich ein strahlend gelbes Innen. Es bereitet ihr Vergnügen, die Schale fortzuschaben und quasi als Belohnung für ihre Arbeit ein köstliches Stück Knollenfrucht zu bekommen. Als sie all die strahlendgelben Brocken in einen Topf gelegt und Wasser darüber gegossen hat, stellt sie ihn auf den Herd und macht sich daran, den Salat zu waschen. Drei Mal, das gehört sich so. Drei Mal, das ist ein Zeremoniell, eines, dem sie nicht entkommt. Sie hat nie etwas anderes gelernt, als dem zu entsprechen, was sich gehört. Sie erzieht ihre Kinder, sie hält das Haus sauber, wie es sich gehört.

Als Anton sie damals fragte, ob sie ihn heiraten würde, studierte sie in der großen Stadt Biologie. Sie belegte auch ein Freifach in Meeresbiologie, obwohl es weit und breit, ja wo denn auch, kein Meer gab. Sie hatte das Meer zu der Zeit sogar noch nicht einmal mit eigenen Augen gesehen gehabt. Immer war sie nur hier gewesen, in diesem kalten Land mit seinen kalten Menschen. Aber das Meer, das Meer begleitete sie seit sie ein Kind war, es war ihr die Heimat, die sie hier nicht finden konnte. Doch immer war sie ihr fern und ihre Sehnsucht groß. So reiste sie bei jeder Gelegenheit nach Hause, unternahm endlose Spaziergänge an Stränden, die sie sich ausmalte, sah den Möwen beim Fischfang zu, entdeckte das eine oder andere Schiff am Horizont, baute Sandburgen, die sie dann übermütig mit den Füßen wieder platt trampelte. Es machte ihr Spaß. Sie dachte an ihren erfundenen Vater und dass er stolz sein würde auf sie, würde er es erfahren. Würde er erfahren, was sie nun studierte, wenn es auch nur ein Freifach war. Ihr Vater, Herr der Meere. Eine Seejungfrau sie. Niemand wusste von ihren Ausflügen. Natürlich war sie zu der Zeit schon alt genug, um zu realisieren, dass es wieder nur eine ihrer Geschichten war, der Vater, der stolz sein würde auf sie, ihre ferne Heimat, dass das nicht ihr zu Hause war, dort wo sie war, dass sie, ein entführtes Wesen, in einer fremden Welt lebte, von der sie dennoch wollte, es sei die ihre. Es war eine fremde Welt, in der sie sich abmühte, dazuzugehören.

Dennoch liebte sie diese, ihre Geschichten, auch damals noch. Sie wohnte wochentags in einem Studentenheim und kehrte jeden Freitag zurück in das Dorf ihrer Großeltern. Manchmal versuchte sie, sich einzubilden, ihre Großeltern wären ihre wirklichen Eltern, aber das gelang ihr nicht so gut wie an die Geschichte des Kapitäns zu glauben, der ihr Vater war und die Meere bezwang und sie eines Tages, ja, eines Tages, abholen würde.

Dann lernte sie Anton kennen. In einem Gasthaus, in dem sie und ihre Freunde sich an jenen

Freitagabenden trafen, wenn sie zurückkehrte aus der größeren Stadt, um das Wochenende zu feiern. Anton war Maschinenschlosser, ein wenig älter als sie und er hatte schwarzes Haar, das weich in seinem Nacken lag und er hatte blaue Augen. Das Faszinierendste an ihm aber waren seine Hände. Sie waren groß und derb und voller Schwielen. Anton sah sie an, so von der Seite her. Sie kannte ihn vom Sehen, wie man im Dorf jeden kannte, vom Sehen.

Ihre Großmutter bestand darauf, dass sie eine gute Schule besuchte, eine Schule außerhalb, dass die Schule im Dorf ihrer Intelligenz nicht gerecht werden würde.

– Du musst an eine anständige Schule, sagte sie bestimmt. So ist Ella zu einer Art Besucherin ihrer fremden Heimat geworden und ihr Freundeskreis beschränkte sich auf ein paar wenige Leute, die sie jedoch regelmäßig traf.

An jenem Abend, als sie Anton kennenlernte, bemerkte sie aus den Augenwinkeln wie er sie ansah, von der Seite her und seinem Begleiter etwas ins Ohr flüsterte. Sie konnte nicht ausmachen, was er sagte, doch ein paar Minuten später stand er neben ihr und fragte, ob er sie einladen dürfe, auf ein Getränk. Sie hat ihn nie gefragt, was er seinem Freund damals ins

Ohr geflüstert hat. Sie starrte an jenem Abend nur seine Hände an und sagte, – Ja.

Daraufhin schrieb er ihr ungelenke Briefe ins Studentenwohnheim und jedes Wochenende trafen sie sich und sie starrte seine Hände an. Eines Tages dann, Monate später, stand er vor der Uni mit einem großen Strauß roter Nelken.

Sie hasste Nelken, immer schon, aber die Hände, die den Blumenstrauß umklammerten, gefielen ihr. Sie sah, dass er nervös war, er sie etwas fragen wollte. Er hielt ihr die stinkenden Blumen direkt vors Gesicht und sagte, – Hallo Ella.

– Hallo, sind die für mich?, erwiderte sie.

Er stammelte ein paar unverständliche Worte und fragte gleich darauf, wie ein Gewitter stürmte es aus seinem Mund, – Ich will dich heiraten, willst du auch?

Sie musste lachen. Einerseits aus ihrer eigenen Verlegenheit heraus, zum anderen, weil seine Verlegenheit sie tatsächlich amüsierte.

– Na ja, wir könnten ins Haus meiner Großmutter ziehen. Es steht leer, seit sie tot ist, sagte er verlegen, nachdem sie sich wieder beruhigt hatte.

Der Salat ist sauber. Kein Bröselchen Erde mehr. Keine Insekten. Drei Mal gewaschen. Sie zerreißt ein Blatt nach dem anderen, zerreißt die Blätter in fast gleich große Stücke und bereitet die Marinade zu. Sie deckt den Tisch und sieht wieder auf die Uhr. Erst elf, denkt sie, erst elf, da bleibt noch Zeit.

Die Kartoffeln sind fertig. Sie seiht das Wasser ab und stellt den Kochtopf ins vorgeheizte Backrohr, damit sie warm bleiben bis die Kinder kommen. Als sie zum gedeckten Tisch hin schaut, bemerkt sie, dass sie für vier gedeckt hat. Erschrocken räumt sie ein Gedeck wieder fort. Antons Hände fallen ihr wieder ein. Wie sie gestern Abend mächtig auf den Küchentisch schlugen. Er hatte Tränen in den Augen.
– Ich kann nichts dagegen tun, sagte er, – nichts kann ich tun.


Sie wäscht das restliche Geschirr vom Morgen ab und räumt es in die Küchenkästen. Sie überlegt, ob ihre Spielkameraden ihr damals wohl geglaubt haben, als sie ihnen ihre Geschichten erzählte. Sie ist sich nicht sicher. Vielleicht haben sie einfach nur gerne zugehört, wenn sie erzählte und wussten Bescheid. Vielleicht haben sie von ihren Eltern erfahren wie es um sie stand. Dass ihre Mutter sie bei den Großeltern zurückgelassen hat und fortgegangen war und dass es nie einen Vater gegeben hat, zumindest keinen, dessen Namen man kennen würde. Mag sein, dass die Kinder aus Taktgefühl geschwiegen und aus purem Vergnügen zugehört haben. Vielleicht haben ihnen auch ihre Eltern aufgetragen, ihr nicht zu sagen, dass sie Bescheid wussten. So wie man Kindern auch oft aufträgt, einen Einbeinigen nicht auf das fehlende Bein hinzuweisen. Ella lächelt bitter, an diesem Ort bleibt nichts verborgen, denkt sie. Auch das mit Anton wird bald herauskommen, wenn es nicht ohnehin schon jeder weiß. Sie schämt sich beim Gedanken daran. Sie schämt sich, weil es doch möglich ist, dass sie versagt hat. Was würden die Leute von ihr denken. Dass sie es nicht geschafft hat, ihren Mann zu halten, ihm zu geben, was er zum Glücklichsein benötigt. Kein Wunder, dass er fortgehen musste. Eine neue Baustelle im Ausland, eine neue Frau.

– Alles neu, seufzt sie.


Als er damals mit diesen stinkenden Nelken in Händen vor ihr herging, fragte sie sich, ob sie mit diesem Menschen wirklich ihr Leben verbringen wolle. So wirklich mit ihm zusammen leben, jahrelang, jahrzehntelang, im Haus seiner Großmutter. Sie überlegte, ob es für sie nicht doch noch etwas anderes geben könnte, das besser wäre für sie, ein Leben ohne Nelken, ohne diesen Geruch nach Friedhof und Tod.

Da gab es auch Elian, einen jungen Mann, den sie an der Uni kennengelernt hatte und der eher unscheinbar, aber auf seine ganz eigene Weise bezaubernd war. Er hatte sehr dunkle Augen, die zu leuchten begannen, wenn er sprach. Wenn seine Begeisterung mit ihm durchging. Oder auch sein Ärger, seine Freude, sein Schmerz. Er umschwärmte sie wie ein Meer wilder Rosen. Sie fand ihn anziehend, aber sie schaffte es nicht, zwischen ihnen eine Nähe zuzulassen, sie war ebenso ungreifbar wie ihr Vater, der Kapitän.

Elian hatte viele Ideen, die er auch leichtfertig wieder verwarf, wenn ihm etwas Neues in den Sinn kam. Einmal verband er ihr die Augen und führte sie durch die Stadt. Er nahm sie an der Hand und sie gingen stundenlang durch die Gassen. Hin und wieder blieb er stehen und führte ihre Hände an Steine, an Pflanzen oder an eine der Hausmauern.

– Spürst du das?, fragte er sie dann. Und er küsste sie auf den Mund.


Und während sie hinter Anton herstapfte überlegte sie, ob nicht Elian ihr Kapitän sein könnte. Er hatte nichts Festes zu bieten, aber wäre nicht genau das etwas, das sie sich wünschte?

Dann heftete sich ihr Blick wieder auf Antons Hände, die diesen Blumenstrauß umklammert hielten und sie sah wie fest er ausschritt und wie er sich umblickte und ihr geradewegs in die Augen lächelte und sie dachte, ja, das ist fest und klar und gerade.


Sie fühlt sich müde und niedergeschlagen. Wie sehr hat sie sich doch angestrengt, das würden die Leute nie erfahren. Sie würden niemals erfahren wie sehr sie sich bemüht hat um diese Familie, um dieses Leben.

Auch wenn sie manchmal dachte, sie selbst könne ebenso erfunden sein wie ihr Vater, ihre Mutter, ihre Vergangenheit.

Damals, am Tag der Nelken, erzählte sie Anton davon, dass sie eine, ja mehrere Geschichten erfunden hatte, als sie noch ein Kind war, dass in dieser Geschichte ihr Vater ein Kapitän war, einer, der die Meere kannte wie kein anderer und Anton hat gelächelt und ihr über das Haar gestrichen. Und er sagte, – Du kannst schöne Geschichten erzählen. Er sagte es, während er ihren Kopf streichelte und er lächelte sein strahlend klares Lächeln. In diesem Moment fühlte sie sich glücklich und sie lächelte zurück und auch sie strahlte und ihr beider Strahlen floss ineinander über und seine Lippen trafen die ihren und es war warm und sie war daheim.

Nie hat sie an ihrer Entscheidung gezweifelt. Anton war fleißig, sie war fleißig, die Kinder waren schön und gesund.

– Was will er mehr, schreit sie heraus und gleichzeitig erschreckt sie und presst sich die Hand auf den Mund. Das wollte sie nicht, schreien, das gehört sich nicht. Sie hofft, dass niemand es gehört hat. Sollte sie dennoch ein Nachbar fragen, was heute Vormittag los gewesen ist, würde sie antworten, eine Maus sei in ihrer Küche gewesen.

Plötzlich strömen Tränen aus ihren Augen, ein Meer, viele Meere, alle Meere der Welt, die ihr Vater als Kapitän befährt, stürzen aus ihr heraus, ein gewaltiger Sturm zieht herauf, in dem das Schiff ihres Vaters in Gefahr gerät zu versinken und sie hört ihn sagen, – Der Kapitän verlässt sein Schiff nicht, und sie sieht zu wie das Schiff ihres Vaters sich anschickt in den Fluten zu verschwinden. Er steht an Deck, die Arme über der Brust gefaltet, stolzen Blicks, ungebrochen, bis eine Welle gigantischen Ausmaßes das Schiff zur Gänze verschlingt.

Sie hört es läuten, wischt sich die Augen mit einem Geschirrtuch ab und geht zum Telefon. Ihre Großmutter ist am Apparat, sie fragt, was es denn Neues gäbe und wie es ihr gehe.

– Du weißt es schon, sagt Ella.

– Hast du geweint, fragt die Großmutter.

Ihre Stimme klingt alt, so alt, denkt Ella.

– Nein, sagt sie dann, – ich hab' nicht geweint.

– Wie geht es dir?

– Du weißt es schon.

– Was weiß ich?

– Dass Anton fort ist.

Sie hört die alte Stimme am anderen Ende der Leitung seufzen und stumm werden. Dann hebt ein Hüsteln an.

– Ja, ich weiß es, sagt die Stimme nach einer kleinen Weile, – kann ich etwas für dich tun?

– Nein, sagt Ella und denkt, wie kannst du mir helfen, du bist eine alte Frau und gebrechlich und brauchst selbst so viel Hilfe, seit dein Mann tot ist. Sie denkt, lass mich einfach in Ruhe, lass mich, ich brauch deine Hilfe nicht.

Und sie sagt, – Nein, sagt sie, – es geht mir gut. Die Kinder werden gleich kommen und ich muss das Essen fertig machen.

Sie hält den Hörer noch in der Hand, lange nachdem sie sich verabschiedet haben.


Damals, als Anton sie von der Uni abholte, sagte sie zu ihm, er solle die Blumen tragen, denn sie fände, es sehe so hübsch aus, wenn ein so starker, großer Mann wie er, einen so dicken Strauß Blumen in seinen kräftigen Händen trüge. Der wahre Grund aber war, dass seine Hände die Blumenstiele so klobig und derb umfassten und dieser Anblick sie dermaßen faszinierte, dass sie den Moment, in welchem er die Blumen loslassen würde hinauszögern wollte. Außerdem konnte sie den Geruch dieser Blumen nicht ausstehen. Er erinnerte sie an die Gräber, die sie mit ihrer Großmutter immer zu Allerheiligen aufsuchen musste, an die Kirchen, die nach schalem Weihwasser stanken und an die flehenden Gebete, die ihre Großmutter dann abends, gemeinsam mit ihren Genossinnen um den Küchentisch sitzend, gegen den Himmel sandte.

Ihre Großmutter war eine schöne Frau, auch als sie älter wurde, blieb ihr die Schönheit. Sie genoss Ansehen und Anerkennung von Freundinnen und Bekannten. Und sie war begehrt bei den Männern im Dorf. Ihr schwarzes Haar, in dem schon bald silberne Strähnen leuchteten war immer ordentlich nach hinten gekämmt und hoch geknotet. Sie war eine klassische Schönheit mit ebenmäßigen Zügen, einer kleinen geraden Nase, vollen Lippen und beeindruckend blauen Augen. Ja, sie war schön, das ist auch dem Großvater nicht entgangen. Er war ein leidenschaftlich eifersüchtiger Mann und er wusste auch, wie er mit seiner Neigung umzugehen hatte. Sobald ein Mann sich auf der Straße nach ihr umdrehte, um ihr nachzusehen, kniff er sie in den Arm und sagte, – Du Zauke.

Und wenn er sie kniff wusste Ella bereits, was sie zu Hause erwarten würde. Er würde sie mit seinen Fäusten dafür bestrafen, dass sie schön und begehrenswert war. Er würde sie schlagen und er würde ihr zeigen, dass sie ihm und nur ihm gehörte. Manchmal begann Ella gleich zu weinen, sobald sie die Kniffe ihres Großvaters wahrnahm, das machte ihn nur umso wütender und er schnaubte sie an, – Was hast du, warum weinst du? Dann erfand Ella eine Erklärung für ihr Verhalten, so wie sie ihren Vater, ihre Mutter, ihre Geschwister erfunden hatte. Sie sagte beispielsweise, sie habe sich am Knie angeschlagen, ihr Bauch würde schmerzen, ein ganz unsäglicher Schmerz im Kopf habe angehoben, aber er glaubte ihr nie. Er schaute sie nur noch wütender an und befahl ihr, sofort still zu sein. Wenn sie dann zu Hause ankamen, sagte der Großvater zu ihr, – Du, geh in dein Zimmer.

Und sie ging in ihr Zimmer, wo sie das Weinen, die Schläge, die Wut, die Verzweiflung durch die Wände hörte.

– Ich will das nicht, schrie sie manchmal, aber niemand hörte, was sie schrie, weil die Geräusche, die aus dem Wohnzimmer drangen, ihr Schreien überlagerten. Wenn es dann leiser wurde, getraute sie sich, die Türe zur Küche vorsichtig aufzumachen und zu fragen, – Darf ich hinein?

Da sah sie den Großvater auf der Küchenbank sitzen mit einer Flasche Schnaps vor sich am klotzigen Holztisch und die Großmutter lag auf dem Boden. Ihr schöner Knoten, ihr Haar, ihr ordentliches Haar war völlig zerzaust und sie hatte geschwollene Augen vom Weinen. Doch wenn sie Ella sah, dann lächelte sie und fuhr mit den Händen an ihr Haar und versuchte es zu ordnen und sagte, – Geh in dein Zimmer, es ist nichts, und Ella ging in den Keller und weinte.

Sie bemerkt, dass sie den Hörer immer noch in der Hand hält und legt ihn sanft auf die Gabel.

Als erstes kommt Sara nach Hause. Mit lautem Gepolter zerbricht sie die Stille im Haus.

– Zieh die Schuhe aus, ruft Ella wie gewohnt aus der Küche. Sie stellt den Herd an und legt die Würstchen in eine Pfanne. Sara tritt ein, schmeißt ihre Schultasche auf den Diwan und wendet sich ihrer Mutter zu.

Sie ist schon fast eine Frau, denkt Ella, während sie ihre Tochter ansieht. Sara kommt näher, küsst ihrer Mutter auf die Wange und fragt, – Was gibt es zu essen?

– Kartoffeln und gebratene Würstchen, antwortet Ella.

– Was du kochst, macht fett, sagt Sara und schon ist sie beim Kühlschrank, holt ein Joghurt hervor und reißt das Silberpapier mit heftigem Ruck ab, um dann die Unterseite mit ihrer langen, spitzen Zunge genüsslich abzuschlecken.

– Ich hab Deutsch-Schularbeit gehabt, sagt sie stolz und strahlt dabei.

– Ach ja, sagt Ella, wie war's?

Sara hat blaue Augen wie Anton. Auch die großen Hände scheint sie seinen Genen zu verdanken. Allerdings sind ihre Hände nicht klobig und derb und voller Schwielen, sondern einfach nur groß.

– Was starrst du mich so an, fragt Sara und wedelt mit der Hand vor Ellas Gesicht.

– Ach nur so, sagt sie und holt die Kartoffeln aus dem Backrohr. Im selben Moment stürmt Karl zur Tür herein, seine Hose ist zerrissen, er weint herzzereißend.

– Was ist passiert, fragt Ella erschrocken.

– Das Arschloch, schreit Karl unter Schluchzen, – das Arschloch.

Ella geht zu ihm hin und vergisst zu sagen, er solle die schmutzigen Schuhe ausziehen. Sie nimmt ihn in den Arm, umarmt ihn fest und fragt nochmal, was denn passiert sei. Karl schluchzt noch mitleiderregender als zuvor, sein gesamter kleiner Bubenkörper bebt. Dann stammelt er, – Er hat gesagt, mein Vater ist ein Arschloch und dann hab ich ihm eine geklebt und er hat mir eine geklebt.

Ella streichelt den Kopf des weinenden Kindes. Ihr ist nicht klar, was sie darauf sagen soll. Mit ihrer Vermutung ist sie offenbar richtig gelegen. Die Dörfler wissen bereits alles. Sie umarmt Karl noch fester.

– Hey, ich krieg keine Luft, Mama, schreit er. Die Tränen sind zumindest versiegt.

– Wo ist Papa überhaupt? fragt Sara plötzlich, als würde ihr seine Abwesenheit jetzt erst auffallen, normalerweise kommt er zu Mittag heim und isst mit ihnen.

– Er hat ganz überraschend einen neuen Job angeboten bekommen. Im Ausland, sagt Ella hastig mit einem ausweichenden Lächeln.

– Einen Job, der viel besser bezahlt ist, als der, den er hier gemacht hat. Er hat heut Morgen ganz früh fort müssen. Er lässt euch grüßen und schickt euch tausend Küsse, lügt Ella während sie unentwegt Karls Kopf streichelt, so als könne sie alles, was geschehen ist damit wegstreicheln. Auch die Scham über ihre Lügen.

– Also ist er kein Arschloch, sagt Karl, der sich allmählich beruhigt.

– Nein, sagt Ella traurig, – er ist kein Arschloch.

Sie setzen sich um den Tisch und essen, ohne miteinander zu sprechen. Ella weicht den Blicken ihrer Kinder aus, sie schämt sich immer noch, weil sie sie angelogen hat. Dieses Arschloch, denkt sie nun ihrerseits, was hat er uns angetan. Die Bissen, die sie in den Mund nimmt, werden beim Kauen so groß, dass sie sie kaum runterschlucken kann.

– Ich hab mir was mit Lola ausgemacht, sagt Sara plötzlich und springt auf.

– Komm nicht zu spät nach Hause, sagt Ella und sieht ihrer Tochter nach, als sie aus der Tür läuft.

Komm nicht zu spät, das hat sie auch Anton jeden Tag gesagt, wenn er nach dem Mittagessen wieder wegging. Sie küssten sich zum Abschied und jedes Mal sagte sie, – Komm nicht zu spät nach Hause. Und jedes Mal lachte er und zwinkerte mit dem linken Auge. Dann sah sie ihm nach, wie er zum Auto ging und einstieg und losfuhr. Elegant, seine großen, schönen Hände am Lederlenkrad, das sie ihm einmal zu Weihnachten geschenkt hat.

– Iss auf, sagt sie zu Karl, schärfer, als sie es gewollt hatte. Er sieht ihm gar nicht ähnlich, denkt sie. Er sieht aus wie ich. Krause Locken, verträumte braune Augen, schlaksig.

– Kann ich raus spielen, fragt Karl. Seine Augen sind immer noch gerötet vom Weinen, er sieht sie flehend an. Sie schaut wiederum ihn an und denkt, du wirst auch einmal so enden wie ich, du hast es in den Augen, du siehst aus wie ich, du denkst wie ich, was willst du. Du bist nicht gemacht für das Leben in dieser Welt.

– Ja, sagt sie, – aber vorher isst du auf.

– Sara muss nie aufessen, erwidert er beleidigt.

– Gut, dann lass stehen, sagt sie. Geh, denkt sie.

Dann räumt sie wieder den Tisch ab. Jeden Tag, jeden Tag mehrmals räumt sie den Tisch ab. Seit gefühlten Ewigkeiten räumt sie den Tisch ab, jeden Tag, den Tisch ab.

Sie fühlt sich ein wenig müde und leichte Übelkeit steigt ihr den Hals hinauf. Sie setzt sich an den Tisch und starrt ins Leere. Sie denkt, was hab ich nur falsch gemacht, was? Ich hab mich bemüht. Ich hab mich wirklich so bemüht.


Den Kindern am Spielplatz erzählte sie damals, ihre Mutter lebe in der großen Stadt. Sie sei wunderschön, eine Schauspielerin und spiele an einem der berühmtesten Theater des Landes. Ihr Vater habe sie kennengelernt, als er auf einem seiner Landurlaube in der großen Stadt war. Natürlich hat er sich Hals über Kopf in sie verliebt, weil sie so schön und so klug war und so talentiert. Doch bald musste er wieder hinaus, auf die See, und sie konnte nicht vom Theater fort, weil sie ein fixes Engagement hatte. Ein fixes Engagement, das hatte sie damals im Fernsehen jemanden sagen hören. Es klang so schön in ihren Ohren, tagelang sagte sie „ein fixes Engagement" vor sich her und baute es gleich in eine der Geschichten ein, die sie den Kindern vom Spielplatz erzählte.

Einmal fragte eines der Kinder, die ihr so gerne zuhörten, was denn mit ihren Geschwistern geschehen sei und sie sagte, – Mein Bruder ist schon erwachsen und fährt mit meinem Vater über die Meere. Wenn mein Vater tot ist, dann wird er der Kapitän des Schiffes sein. Ihre Schwester aber sei schon mit zehn Jahren gestorben. Bis dahin habe sie fast ihr ganzes Leben im Krankenhaus verbracht, weil sie eine geheimnisvolle Krankheit hatte, die die Ärzte nicht heilen konnten. Und sie erzählte wie schrecklich es war, als ihre Schwester hustete und hustete und aus ihrem Mund kamen Schaum und gelber und grüner Schleim und sie hustete und hustete bis sie an dem Schaum und dem Schleim ganz elend ersticken musste. Das beeindruckte die Kinder sehr und sie fragten immer wieder nach der Schwester und sie musste die Geschichte vom Schleim und davon wie schrecklich ihre Schwester gestorben ist, immer wieder aufs Neue erzählen.

Ella schüttet die Speisereste, die auf den Tellern verblieben sind in den Mülleimer, dann beginnt sie mit dem Abwasch. Manchmal, wenn Anton mittags von der Arbeit kam und die Kinder noch nicht da waren, stand sie genau so bei der Abwasch und er schlich sich von hinten an sie heran und umfasste ihre Hüften mit seinen großen Händen, küsste ihren Hals mit seinem warmen Mund und grub seine Hände hinauf und nach vor, bis sie ihre Brüste fanden. Und er zog ihr das Kleid hoch und die Unterhose nach unten und steckte seinen schönen, geraden Schwanz in ihre Möse und sie stöhnten vor Vergnügen. Wenn es vorbei war, lachten sie wie zwei kleine Spielkameraden, die gerade etwas angestellt hatten.

Er wird nie wieder nach Hause kommen, nicht so, denkt Ella. Sie fragt sich, wie sie das ihren Kindern beibringen wird. Dass er nie wieder kommen wird, nie wieder nach Hause. Zumindest nicht so wie sie es gewohnt sind. Er wird Besucher sein und sie die Besuchten. Sie werden denken, ich habe etwas falsch gemacht, sie werden mich hassen dafür, dass ich versagt habe, denkt Ella. Und sie hebt ihre nassen Hände an ihr Gesicht herauf und schluchzt laut auf und seufzt und stöhnt. Das Wasser plätschert munter durch den Wasserhahn ins Spülbecken und ihre Tränen fallen hinab in das Wasser, das sich dort angesammelt hat. Als sie wieder ruhiger ist, kehrt sie den Boden und wischt den Tisch ab. Sie versucht es gut zu machen. Immer hat sie versucht, es gut zu machen.

Ihr Studium hat sie abgebrochen, weil Anton wollte, dass sie immer da ist und weil sie gleich nach der Hochzeit schwanger wurde. Eines Abends, noch vor der Hochzeit, kam Elian zu ihr und sagte, – Heirate ihn nicht, ich liebe dich und ich werde dich an dein Meer bringen, dein Vater wartet auf uns.

Ella lachte ihn aus und sah gleich darauf die Trauer aus seinen Augen leuchten und spürte, dass er es ernst meinte.

– Du weißt schon, dass das Geschichten sind, die ich erfunden habe? Es gibt kein Meer, es gibt keinen Vater. Hör auf damit, sagte sie.

– Komm mit mir, sagte Elian, – wir können unser eigenes Meer finden. Unsere gemeinsame Heimat. Einen Ort, an dem wir glücklich sein können. Wir beide.

Doch Ella kamen Antons Hände in den Sinn und die waren in ihrer Vorstellung viel fester als Elians Versprechen.

Sie sagte, – Elian, ich liebe ihn.

Und Elians Gesicht wurde ganz finster.

– Das glaub ich dir einfach nicht. Du liebst die Idee von etwas, aber nicht ihn. Mach doch, was du willst, die letzten Worte schrie er laut heraus. Dann drehte er sich um und lief aus der Tür, die er mit voller Wucht ins Schloss fallen ließ.

In dieser Sekunde war sie überzeugt davon, das Richtige zu machen, glaubte sie an das, was sie Elian gesagt hatte. Sie wähnte sich glücklich. Der Gedanke, eine Familie zu haben, ließ sie Glück empfinden. Vater, Mutter, Kind. Eine richtige Familie, nicht eine erfundene. Ihre eigene echte Familie. Und sie war bereit, es gut zu machen. Sie wollte eine gute Familie. Das bedeutete für sie Zukunft. Alles andere wäre für sie eine Lüge gewesen.

Sie stellt den Wasserhahn ab und lässt das halb abgewaschene Geschirr im Spülbecken stehen. Sie geht in den Keller, um die Dunkelheit zu suchen wie damals, als ihre Großeltern sich stritten und zankten und der Großvater der Großmutter das Haar zerzauste. Benommen steigt sie die Stufen nach unten. Sie hält sich mit der einen Hand am Geländer fest und tastet sich Schritt für Schritt nach unten. Sie macht das Licht nicht an, denn sie will es dunkel haben.

Immer wieder hat sie sich im Keller versteckt, um den hässlichen Dingen ihres Lebens zu entfliehen. Dort fand sie auch die Geschichten, die sie dann den Kindern am Spielplatz erzählte. Sie saß in der öden Finsternis und erfand sich selbst neu, malte sich ihre wirkliche Familie aus. Die Abenteuer ihres Vaters, die Allüren ihrer schönen Mutter, den Tod ihrer Schwester, den Bruder an der Seite des Vaters. All die Geschichten fand sie in der Einsamkeit des Kellers im Haus ihrer Großmutter, während ihre Großeltern über ihr sich das Leben zur Hölle machten.

Warum, warum hast du mich allein gelassen, Mutter, denkt sie. Warum bist du fortgelaufen vor mir? Und wo bist du hingegangen?

Sie erreicht die letzte Stufe und stolpert. Sie greift nach unten und erfühlt das Abschleppseil, das Anton vor ein paar Wochen erst gekauft hat. Warum hat er es nicht weggeräumt, denkt sie, er war immer schon schlampig.

Sie nimmt das Seil in die Hand, tastet es ab und erinnert sich daran, dass es blau war. Langsam gewöhnen sich ihre Augen an das Zwielicht und sie kann das Seil erkennen, aber die Farbe ist nicht auszumachen. Sie weiß, es ist blau, blau wie Antons Augen. Sie erinnert sich wie er mit seinen großen, starken Händen das Seil umfasst hielt und es in den Keller trug. Warum hat er es nicht fortgeräumt, denkt sie erneut, er war immer schon schlampig.

Sie geht in die Vorratskammer, macht auch hier kein Licht an, wirft ein Blatt Papier, auf das sie zuvor ein paar Worte gekritzelt hat, zu Boden und schließt die Tür. Licht wäre zu schmerzhaft, es würde ihre Augen blind werden lassen. Sie tastet den Boden ab und findet eine Holzkiste. Darin hat sie im letzten Herbst Äpfel gesammelt. Jetzt ist die Kiste leer. Sie dreht sie um und stellt sich darauf. Sie befestigt das Seil an einem der großen, hölzernen Balken an der Decke des Kellerraumes. Sie bindet das andere Ende des blauen Abschleppseils, das bei dem wenigen Licht schwarz zu sein scheint, um ihren Hals. Sie macht einen festen Knoten. Feste Knoten machen, das konnte sie immer schon gut. Sie hat es gelernt, von ihrem Vater, der Kapitän war und ihr beibrachte, wie man richtige Seemannsknoten band, die nie wieder aufgingen, außer man wollte es.

Einmal im Jahr ging ihr Vater an Land und dann trafen sie sich. Ihre schöne Mutter trug ein rotes Kleid mit kleinen schwarzen Röschen am Ausschnitt. Sie trafen sich am Hafen, wo die vielen Schiffe ihre Masten in den Himmel stachen als wollten sie ihn aufspießen. Das rote Kleid ihrer Mutter war aus Seide und es schillerte in der Sonne. Und ihre Mutter hatte traurige Augen, weil sie eines ihrer Kinder verloren hat. Sie umklammerte Ellas Hand und lächelte ihr zu, als ihr Vater, der Kapitän, den Steg heruntergeschritten kam und hinter ihm der Bruder, der lachte und aufgeregt mit den Armen fuchtelte. Unten angekommen, nahm ihr Vater sie beide, sie und ihre Mutter, in seine starken Arme, lachte ein freudiges Lachen und sagte, – Endlich, endlich bin ich daheim.

# LOUIS UND DER STERN

Es ist Nacht draußen. Keine Glocken, die die Stille durchbrechen, das sanfte Surren eines Kühlschranks nur, einziges Geräusch im Hintergrund seiner Träume. Daraus erwacht er und sieht nichts, weil es dunkel ist und seine an den Traum gewöhnten Augen sich erst bekannt machen müssen mit der Nacht, die schemenhaft Silhouetten an die Wände zaubert. Die Zauberei der Dunkelheit. In ihr fließt die Unkenntlichkeit in Kenntlichkeit über und wieder zurück. Langsam hebt er die Lider und nimmt wahr, das schlafende Gesicht an seiner Seite, die ruhigen Atemzüge. Der sanft entspannte Mund. Lichttropfen fließen vom Fenster her in die Dunkelheit herein. Wände, Gegenstände, der Körper neben ihm, alles entfremdet von der Nacht.

Er hört das Atmen, er hört die kleinen Seufzer, die sich zwischen die vollen Atemzüge mengen und er sieht den unruhigen Bewegungen der Augen unter den geschlossenen Lidern zu. Was mag sie wohl träumen?, fragt er sich. Was?

Die Sehnsucht packt ihn an, just in dem Moment, als er sich fragt, was sie wohl träumen mag. Er ist überwältigt und will sich entziehen, doch sie hat ihn am Hals und sie würgt ihn, süß und voll von Versprechen.

Er lässt es geschehen. Er wehrt sich nicht. Er kann es nicht fassen, dass sie wieder da ist. Die Sehnsucht nach dem Anderen. Doch was das Andere ist, das kann er nicht benennen. Es ist einfach anders, als das, was ist, sagt er sich. Es ist das Andere, das er sucht. Was es auch sein mag.

Seine Augen beginnen sich an das Dunkel zu gewöhnen. Immer mehr Dinge kann er schemenhaft erkennen. Immer stärker nimmt er seinen Körper wahr, der bewegungslos daliegt in diesem Bett und er spürt die Sehnsucht in sich, die sich von seinem Hals aus immer weiter in seinen Körper hineinwürgt. Er könnte zu schreien beginnen, doch er tut es nicht. Der Schmerz, der süße mächtige Schmerz, er brennt da drinnen in seinem Inneren. Er fühlt sich gefangen in sich selbst, in dieser Reglosigkeit. Er erregt sich an diesem Spiel, das die Sehnsucht mit ihm treibt. Er fühlt seinen Schwanz, der hart wird und er hört den Atem neben dem seinen, so ruhig und fest und gleichmäßig.

Nachmittags saß er am Fenster. Der Himmel zeigte sich noch schwarz und bedrohlich, gerade war ein Sommergewitter heruntergegangen und auf den Straßen hatten sich nasse Flecken und Lachen gebildet, überall wirbelten kleine wilde Kanäle über den Grund, die in den Gullis versickerten. Er saß da und starrte hinaus auf die Straße, in das mächtige Grau der Wolken. Bald bahnte sich zaghaft ein

Strahl gelben Lichts durch ein Wolkenloch den Weg und gab dem kalten Himmel einen wärmeren Ton. Dann dünnte eine andere graue Wolke aus und ließ einen weiteren Sonnenstrahl durchdringen. Andere Wolken rissen auf, zerfransten sich und ließen noch mehr warmes Licht hinaus, hinunter auf die Welt. Die Farben begannen sich zu verändern, es war schon später Nachmittag und das schwefelige Licht tauchte den Himmel in ein Farbenspiel aus Gold und Rosa, Blau und Silber. Er saß nur da, atemlos, erstaunt und erfreut folgte er dem Wandel, der sich vor ihm vollzog. Als ihn die Abendsonne dann mit voller Wucht traf, erschrak er fast, er fühlte sich von ihr gestreichelt. Es war, als würde sie ihn, wie eine große Wasserfläche mit Spiegelreflexen betupfen, in ihm ein Konzert von Lichtern entfachen, die in einem extatischen Rhythmus auf und ab springen und er spürte eine große Stille in sich, die in ihm so etwas wie Zufriedenheit entfachte.

Louis steigt aus dem Bett. Er versucht, Geräusche zu vermeiden, sucht nach seiner Kleidung. Ich will Sara nicht wecken, dröhnt es in seinem Kopf und findet eine Hose, ein Hemd, alles was dazugehört, um sich anzukleiden. Leise verlässt er das Schlafzimmer und quert den Flur, sucht nun nach den Schlüsseln. Er findet sie auf dem Schuhschrank neben der Eingangstür. Als er sie nimmt, ertönt ein schwaches metallenes Tingting.

Louis erschrickt und bleibt für ein paar Sekunden reglos stehen. Er lauscht zum Schlafzimmer hin. Er fragt sich, ob dieses Tingting sie wohl aufgeweckt hat. Doch er hört nichts, außer ein kleines Schnaufen. Er wartet noch eine Weile in der Stille, dann geht er aus der Wohnung.

Als er auf die Straße tritt, empfängt ihn ein kühler Hauch Wind, der den Schweiß auf seiner Stirn erstarren lässt, er bemerkt jetzt erst, dass seine Stirn nass ist. Es ist kühl hier draußen, kühler zumindest als in dem engen Zimmer, das er mit Sara teilt, in dem nur Platz ist für das Bett und für sie beide darauf. Am Anfang war dieses Bett, dieses Zimmer, das Zentrum ihres gemeinsamen Lebens gewesen. Dort haben sie sich hinbegeben, nachts oder auch tagsüber, dort haben sie sich der Welt entzogen und ihren Realitäten. Sie haben versucht, ihre Vergangenheit wegzuvögeln. Sie haben sich zurückgezogen, weil sie eine gemeinsame Geschichte hatten, in die sie niemanden hineinlassen wollten. Dort, in diesem Zimmer waren sie sich beide, nur sie beide, genug. Als Gefährte und Gefährtin. Nun vollziehen sie in erster Linie den Schlaf dort und den Traum. Was den Platz des Begehrens eingenommen hat, kann Louis nicht benennen. Er kann es nicht erklären. Gewohnheit? Ein gemeinsamer Alltag? Einer, der ihn seine Unterhosen quer durch das Zimmer verteilen lässt und sie diese aufsammeln, um sie zur Schmutzwäsche zu werfen? Vielleicht ist das immer das Ende des Begehrens?, fragt er sich. Mag sein, dass das Begehren auch eine Art sein kann, über die man eine gemeinsame Verzweiflung teilt. Eine Möglichkeit, miteinander zu vergessen. Sich selbst und den anderen und das, was beide verbindet. Und als das Vergessen stärker wurde als die Erinnerung haben sie möglicherweise dieses verzweifelte Begehren verloren, das sie beide verband? Wenn man miteinander lebt, in einem Alltag, der sich zwischen Mistkübel und Wäschekorb abspielt, zwischen schlecht ausgedrückten Senftuben und fehlendem Salz im Streuer, in einem Alltag, in dem einer dem anderen die Verantwortung für das Vorhanden- oder Nichtvorhandensein von Milch oder Butter zuzuschummeln beginnt, da hat das Vergessen zweifelsohne Oberhand gewonnen. Er überlegt, ob Sara die Dinge wohl ähnlich sieht. Ob sie überhaupt darüber nachdenkt, was aus ihnen geworden ist? Woran kann sie sich noch erinnern? Es hat sich verändert, das ist klar. Aber Veränderung muss ja nicht zwangsläufig bedeuten, dass etwas schlechter geworden ist. Es ist die Unruhe, die ihn treibt. Das Nichtvergessenwollen. Oder besser das Nichtvergessenkönnen.

Louis atmet tief durch und geht mit ausholenden Schritten die Straße entlang. Er geht einfach und weiß nicht, wohin er gehen soll. So hebt er seinen Kopf und blickt hinauf in das Dunkel des Himmels über ihm. Da sieht er den Stern. Knallhell strahlt der herunter. Knallhell, so dass es fast brennt in den

Augen. Knapp entgeht er dem Zusammenstoß mit einem Verkehrsschild. Ein blaues Auge hätte das geben können, denkt er und steckt eine Hand tief in die Tasche seiner Jeans. Es ist ruhig um ihn. Es ist ruhig in ihm. Etwas raschelt. Und er bemerkt, dass er ein knittriges Zigarettenpapier in seiner Hosentasche stecken hat. Er greift danach und das Papier zittert die Hand an. Er erinnert sich, dass sich darin ein Ecstasy befindet. Er hat es am Wochenende gekauft und gleich wieder vergessen. Er überlegt, wann er das letzte Mal Drogen genommen hat. Vor ein paar Wochen mit Sara, ja, da hatten sie sich eine Pille eingeworfen. Es war ein angenehmer Abend. Sie haben zu Hause Musik aufgelegt und getanzt. Dann begannen sie sich zu umarmen und zu sprechen, über dies, über das. Allerdings hat sie ihn nicht verstanden, als er erklärte, das Begehren sei ihm abhanden gekommen. Sie hat es nicht verstanden, obwohl sie beide auf *E* waren. Sie fühlte sich verletzt von dem was er sagte. Erst war sie bestürzt und traurig, dann wurde sie plötzlich wütend. Sie tobte wie ein Sturm. Dennoch sprach er auf sie ein, wollte sich erklären, bis er nach einer Weile die Sprache verlor und verstummte. Er weiß, dass sie beide das Begehren auf einer Ebene für sich entdeckt haben, die es besonders machte. Dieses kleine Auflodern in ihren Augen, das leichte Blecken ihrer Zähne, das wirft ihn immer noch um. Sie zieht ihn an und stößt ihn ab. Magnete, die ihre

Kraftwirkung umkehren, immer und immer wieder. Doch es gibt ja auch noch das Andere, von dem er nicht weiß, was es ist, oder hat er vergessen es zu wissen? Er versucht, sich zu erinnern. Das, was fehlt, könnte es sein.

– Sara, bitte sei still. Sag nichts mehr, weine nicht, sagte er an jenem Abend schließlich. Doch sie hörte nicht auf zu weinen. Sie hörte nicht auf zu fluchen, zu schimpfen, zu klagen. Er strich ihr übers Haar und sie stieß seine Hand weg. Er sagte, es sei lediglich die Wahrheit, er könne nicht lügen, aber er wolle sie auch nicht verletzen. Und sie beruhigte sich genauso plötzlich wie sie in Rage geraten ist. Sie entschuldigte sich und erklärte, dass sie sich manchmal selbst nicht kenne.

– Schon gut, sagte sie dann leise und zog ihn mit sich ins Schlafzimmer.

Louis nimmt das knisternde Papier aus seiner Hosentasche, in dem die kleine, weiße Tablette steckt. Eigentlich mochte er so etwas nie. Kleine, weiße Tabletten. Aber die hier … Er nimmt sie aus dem Papier und im Schein einer Straßenlaterne schaut er sie lange an. Ja, denkt er, genau das brauch ich heute. Er geht in das nächstgelegene Lokal, tritt ein, bestellt sich Mineralwasser und stellt sich an die Theke. Die Musik stört ihn, weil es nicht die ist, die er jetzt gerne hören würde. Zwangsläufig hört er der Unterhaltung eines Pärchens zu, das neben ihm am Tresen steht. Sie streiten sich.

– Das stimmt nicht, sagt das Mädchen.

– Doch, du kannst dich nur nicht erinnern, sagt er.

– Ich hab dich zehn Mal gebeten. Immer wieder. Doch du hast mir nie zugehört, sagt sie.

– Stimmt nicht. Ich höre dir immer zu. Es ist eher umgekehrt. Du hörst nicht, was ich sage.

Als Louis das Mineralwasser bekommt, schüttet er es mit gierigen Schlucken in seinen Mund und die weiße Tablette schmeißt er mit hinein. Die beiden neben ihm beginnen zu schreien.

– Du hast sie ja nicht alle, schreit sie.

– Alles klar. Ich bin schuld, du Tussi, brüllt er zurück.

Louis rückt ein wenig von ihnen ab. Plötzlich schlägt der Typ dem Mädchen heftig ins Gesicht. Das bricht in Tränen aus und brüllt, als wäre ein Bulldozer über sie hinweggerollt. Louis weiß nicht, was er tun soll. Er geht zu dem Mädchen hin und fragt, ob er helfen kann.

– Nein, schreit sie, – verpiss' dich, du Vollpfosten.

Der Typ, der ihr eine geklebt hat, weint nun auch und schreit, – Ich hasse dich, du Schlampe!

Louis legt das Geld für das Mineralwasser auf den Tresen und geht zum Ausgang. Er dreht sich nochmal zu den beiden um, die ihn gar nicht beachten, hebt die Hand und macht ein Peacezeichen mit den Fingern. So verlässt Louis das Lokal.

Er hört seine Schritte am Pflaster widerhallen und muss lachen. Er schaut hinauf zum Himmel, wo der

Stern ihn immer noch knallhell anstrahlt. Er schwankt ein wenig. Kurz denkt er an Sara, denkt, wäre sie hier, sie hätten es gemeinsam besser. Aber sie ist nicht hier, es ist Nacht, er ist allein, er weiß nicht, wohin er geht.

Ein Neon-Schild zieht seine Aufmerksamkeit auf sich. Fesselt seinen Blick. Ein Stern, aus dessen Mitte eine kurvige Schönheit auftaucht und wieder verschwindet. Er steht davor und schaut zu wie das Bild sich auf- und wieder abbaut. Hier war er schon einmal. Auf diesen Treppen ist er mit Sara gestanden und sie lachten und beobachteten die Verwandlung des Sterns. Sie waren knapp daran hineinzugehen. Doch an der obersten Stufe nahmen sie sich an der Hand und hüpften wieder hinunter und liefen in den nahen Park und küssten sich und schlichen sich in die Büsche. Die Nacht war eine einzige Liebkosung. Der Morgen. Ein Lerchengesang.

Er drückt die Klinke und tritt ein. Das Licht ist gedämpft. In einem Kobel sitzt eine füllige Dame, der man ansieht, dass sie ihre besten Jahre schon lange hinter sich gelassen hat und die ihm mit einem hämischen Grinsen ein exorbitantes Eintrittsgeld abnimmt. Er murrt ein wenig, bezahlt dennoch.

– Wirst sehen, Bubi, das zahlt sich aus, sie grinst ihn breit an. Ihr Lippenstift ist verschmiert, ein wenig davon ist auch auf ihren Zähnen gelandet. Er will etwas darauf sagen und öffnet den Mund, aber die Alte im

Kobel hat sich bereits von ihm abgewandt, starrt in ein kleines TV-Gerät und beginnt an ihren Fingernägeln zu feilen. Vielleicht sollte sie besser an ihrem Verstand feilen, denkt Louis, er fegt mit der Hand durch die Luft. Egal.

Er geht den Gang entlang und kommt zu einer Tür. Als er die öffnet, steht ein junges Mädchen vor ihm, die ihm einen Morgenmantel und weiße Frotteepatschen in die Hand drückt.

– Da drüben sind die Spinde, da kannst du dein Zeug hineingeben, Gewand und Wertgegenstände und so, sie zeigt mit dem Zeigefinger darauf.

Sie trägt einen äußerst knappen Bikini. Louis ist das unangenehm. Er sieht lieber an ihr vorbei. Als er in Richtung Spinde geht merkt er, dass die Droge begonnen hat zu wirken. Er geht leichtfüßiger als sonst und in seinem Bauch fühlt er eine wohlige Wärme aufsteigen. Er federt den Boden entlang, schmeißt sein Zeug in den Spind, wickelt sich in den Bademantel und steigt in die Patschen. Dann betritt er den angrenzenden Raum. Auch hier ist das Licht gedämpft und einige Pärchen, die auf Barhockern an einer rustikalen Holztheke sitzen und an ihren Whiskeys schlürfen, schauen ihm erwartungsvoll entgegen. Manche haben einen Bademantel an wie er. Andere sind in subtilere Accessoires gehüllt. Eine Frau um die Sechzig lehnt vulgär am einen Ende der Theke, sie trägt ein eng anliegendes Latex-Oberteil, unten nur Strapse und Stiefel, die bis an die Oberschenkel reichen. Ihre Möse ist von buschigem schwarzem Haar bedeckt. Als Louis an ihr vorbeigehen will, zupft sie ihn am Ärmel seines Bademantels.

– Ich bin Eva, sagt sie.

– Sehr erfreut, Louis mein Name, antwortet er und streckt ihr seine Hand zum Gruß entgegen. Sie bricht in schallendes Gelächter aus. Er zieht die Hand wieder zurück und stimmt in ihr Lachen ein. Er muss sich den Bauch halten. Als er sich beruhigt und Eva sich wieder ihrem Drink zuwendet, immer noch lächelnd, sieht er sich um. Im hinteren Bereich befindet sich ein Schwimmbecken, um das Liegestühle aufgestellt sind. Louis legt sich auf eine der Liegen. Im Becken sieht er eine sehr dicke Frau, deren dauergewelltes Haar im Wasser auf und ab schwappt. Ihr Doppelkinn schlägt geradezu Wellen. Um sie scharen sich drei Männer. Peinlich berührt, wendet er den Blick ab.

Lola. Wie sie ihn ansah. Sie war das Andere, denkt Louis. Er sieht sie am Ufer des großen Sees sitzen. Ihr kastanienbraunes Haar ist unter einem gut gebundenen Tuch versteckt. Er weiß, dass es lang ist, und leicht gewellt. Sie sieht ihn nicht an. Sie schaut auf die abendgoldene Wasserfläche hinaus, als erkenne sie dort in der Ferne etwas nur für sie Sichtbares, das sie gefangen nimmt. Eine Art Lächeln flieht über ihr Gesicht. Er kann es nicht fangen. Lange sitzt sie nur da und schaut. Wo geht ihr Blick hin? Er möchte ihm folgen, ihn einfangen, doch er schafft es nicht, ihre Stille zu stören. Er sitzt etwas abseits. Hinter ihnen ausgelassenes Lachen und Lautfetzen übermütiger Gespräche. Ein Lagerfeuer flackert und zeichnet funkelnde Lichter auf Lolas Gesicht. Plötzlich dreht sie ihren Kopf, schaut in seine Richtung, als habe sie erst jetzt bemerkt, dass da jemand sitzt und sie beobachtet. Sie schaut ihm direkt in die Augen und ihr Lächeln fliegt geradewegs in das seine.

Louis spürt eine Bewegung zwischen seinen Beinen. Doch es ist nicht nur sein Schwanz, der sich in die Höhe zu recken beginnt. Es ist etwas anderes. Er sieht an sich herab und bemerkt, dass eine junge Asiatin zwischen seinen Beinen hockt und mit großer Ernsthaftigkeit seinen Schwanz zu bearbeiten beginnt. Das Gefühl, das daraus resultiert, ist ihm nicht unangenehm. Er lässt sie gewähren. Kurz sieht er in ihre Augen und sie in die seinen. Sie macht eine Bewegung mit dem Mund, als würde sie lächeln.

Dann ist da wieder Lola. Er rückt näher. Das Gras fühlt sich feucht an.

– Schön, sagt er.

Sie nickt nur.

– Du siehst schön aus in diesem Abendsonnenlicht, im Widerschein des Feuers, sagt er. Sie lacht ein kleines, freudiges Lachen. Doch sie spricht nicht.

– Komisch, die Situation, sagt er. Sie nickt.

Sanft drückt Louis die Asiatin von sich fort, die ihn ungläubig anschaut.

– Nein?, fragt sie, – gefällt es dir nicht?

– Nein, doch, sagt er verwirrt, – mach nur weiter.

Er nimmt Lolas Hand. Er lächelt ihr zu. Doch sie sieht ihn nicht an. Hinter ihnen beginnen einige Stimmen zu singen. Jon kommt auf sie zu und drückt Louis ein Bier in die Hand.

– Möchtet ihr auch mitrauchen?, fragt er.

Lola blickt auf. Sie nickt. Louis nickt nach. Er sieht, wie sie ihre Hand ausstreckt und den Joint an sich nimmt. Sie zieht tief ein und lässt wenig Rauch wieder heraus. Louis macht es ihr nach.

Er spürt wie sein Körper sich aufzubäumen beginnt. Das Mädchen greift ihn fester an. Er weiß nicht, ob er sich noch lange zurückhalten kann.

– Magst du mit mir zu ihnen gehen. Sie haben gefragt, ob wir mitmachen wollen, sagt die Asiatin.

So als würde er wach werden, sieht er die Menschen im Pool wieder. Die fette Alte, der Mann mit den vielen Goldketten, die bei jeder seiner Bewegungen ein feines klingendes Geräusch verursachen. Nein, denkt Louis.

– Ja, sagt er.

Er lässt den Bademantel auf den Liegestuhl fallen und sich von ihr führen. Das Wasser ist warm und empfängt ihn mit einem leisen Plätschern. Lichtreflexe gleisen in seinen Augen.

Was mache ich da?, fragt er sich und taucht unter Wasser.

Als er den Joint an Jon zurückreicht, wendet sich Lolas Gesicht wieder dem seinen zu. Sie lacht. Plötzlich ist er nur froh, dass sie da neben ihm ist, dass ihr Gesicht bei ihm bleibt, dass er sich nichts mehr fragt. Jon lacht im Hintergrund sein ihm eigenes dröhnendes Lachen.

Louis taucht auf. Er spuckt etwas Wasser, das nach Chlor schmeckt. Die fette Frau hält seinen Schwanz in der Hand und lacht laut, sie prustet auch etwas Wasser aus sich heraus, schnauft und ist kurzatmig, weil sie eine kurze Zeit lang diesen Schwanz unter Wasser gelutscht hat. Er lächelt sie an und versucht, das Becken zu verlassen.

Als Jon dieses Lachen lacht, beginnen die Dinge sich zu verändern. Lola springt auf und will zu den anderen gehen. Auch Louis steht auf und greift sie am Arm.

– Bleib, sagt Louis. Doch ihr Lächeln wird übermütig und sie sagt, – Komm. Wir gehen noch tanzen.

Einige beginnen zu grölen.

– Ja tanzen, schreien ein paar.

Sie sind zu acht. Das Auto ist alt und zu klein für so viele Menschen. Dennoch setzen sich alle hinein, Jenna, Lolas Schwester, fährt. Lola sitzt ganz dicht neben ihm. Er fühlt ihre Wärme. Sie halten sich wie heimlich an der Hand. Jenna fährt und lacht schrill. Ihr Lachen ist ansteckend. Lola lacht auch und in diesem Moment ist Louis voll von ihr. Er hält ihre Hand, er sucht ihren Blick.

Jenna fährt das Auto als wäre es ein Schubkarren. Sie hat vergessen was sie lenkt, wohin. Der Wagen schlittert gefährlich. Louis fühlt Lolas Hand an seinem Arm.

In diesem Moment kommt der Baum. Nein. Bäume kommen nicht. Doch just in dem Moment nähern sich Baum und Auto einander an, sie kommen sich so nah, dass darauf die Katastrophe folgt und Louis Lola fliegen sieht. Ihr Kopf prallt auf der Windschutzscheibe auf, das, was sich darin befindet, beginnt herauszutropfen. Niemand hat so weit gedacht. Bis zu diesem Baum.

Alle versuchen, dem Auto zu entkommen. Louis ist am schnellsten draußen. Er steht davor. Er sieht Lola, ihr Gehirn an der inneren Windschutzscheibe. Er will durch die Vordertüre zu ihr kommen, um ihr zu helfen und hat schon den Türgriff in der Hand. Jon kreischt hysterisch, die anderen stehen vor dem

Auto wie paralysiert. Louis fühlt sich wie in einem Nebel. Die Tür lässt sich nicht öffnen, sie klemmt. Er vergisst Lola in diesem Moment und kann sie nicht vergessen. Das Auto fängt Feuer und Jenna, Jenna lebt und ist noch drin. Er rüttelt an der Tür, der Griff wird immer heißer. Alle schreien durcheinander. Er sieht Jennas Augen, die weit aufgerissen sind, wie ihr Mund. Auch sie schreit, aber man hört es nicht, die Geräusche, die das Feuer und die kleinen Explosionen verursachen, übertönen ihre Schreie. Plötzlich ist Sara an seiner Seite und gemeinsam rütteln sie an dem heißen Griff, versuchen, die Autotüren zu öffnen. Sie sehen zu wie Jenna mit dem Sicherheitsgurt kämpft, ließe er sich öffnen, könnte sie noch auf die Rückbank steigen und den Weg nach draußen schaffen. Sie reißt am Gurt, sie schafft es nicht, in ihren Augen schillert das Feuer. Ihr Körper, alles was sie ist, gerät in Panik. Eine weitere, stärkere Explosion folgt, dann beginnt das Feuer, sich alles zu nehmen. Es ist heiß, so verdammt heiß.

Louis schreit. Sara zerrt seine Hand von dem Türgriff weg. Sie zieht so fest an ihm, dass sie beide fallen und auf dem Rücken landen. Alle starren wie hypnotisiert in das verheerende Licht. Sara schreit, immer wieder schreit sie, – Holt sie heraus! Holt sie heraus!

Dann kommt die Nacht herein in seine Gedanken.

Vorsichtig sperrt Louis die Tür zur Wohnung auf.
Sara schläft mit dem Gesicht zur Wand.
Ich bin ein Dieb, denkt er, ein Dieb, dessen Beute aus
Erinnerung besteht. Er legt sich neben Sara und liegt
noch lange wach und starrt die dunkle Decke an.

**NACHHER**

Karl hat alle Kinder um sich versammelt. Er steht in ihrer Mitte, zeigt mit dem Taktstock auf Alissa, die nimmt ein weißes Tuch vom Tisch, wickelt es sich um den Körper und setzt sich auf den Boden, dort, wo mit Kreide eine Linie in der Mitte des Raumes gezogen worden war. Er weist mit seinem Taktstock auf Jo, dann auf Natascha, auf Kathi, auf Sibylle und Hannah. Bis die sechs Mädchen in weiße Tücher gehüllt am Boden hocken. Karl richtet seinen nun auf Elfrik, der sich ein dunkles Tuch nimmt und es sich ebenso um seinen Körper wickelt wie die Mädchen es zuvor getan haben, dann folgen Jona, Willi, Erik und Sol, die es Elfrik gleich tun und zwischen den Mädchen Position beziehen.

– Wir haben nun ein lebendiges Klavier erschaffen, sagt Karl feierlich und übergibt den Taktstock mit einer kleinen Verbeugung an Erin, der ihn stolz entgegennimmt. Die Kinder jauchzen und kichern. Man sieht ihnen den Schrecken nicht an. Das, was sie ausgestanden haben, scheint für eine Zeitlang aus ihrem Bewusstsein gewichen. Als Erin mit dem Taktstock auf eines der Tuchmädchen klopft, gibt dieses einen singenden Ton von sich. Die Kinder lachen laut auf, denn der Ton war falsch.

– Dieses Klavier muss gestimmt werden, sagt Karl mit gespieltem Ernst.

– Ja, rufen die Kinder, – das Klavier spielt falsch!

Also klopft Erin auf jede der Klaviertasten, wieder und wieder, bis es endlich stimmt.

– Do re mi fa so la si do re mi fa … Das ist die Musik des lebendigen Klaviers, singt Karl. Die Kinder stimmen mit ein und klatschen in die Hände, während Erin das Konzert des lebendigen Klaviers inbrünstig dirigiert.

Minuten des Vergessens, des Spiels, des Übermuts. Jetzt müssen sie nicht daran denken was war. Es würde sie nur wieder mit Gedanken erfüllen, die zu groß für sie, denen sie nicht gewachsen sind. Niemand ist ihnen gewachsen. Es gibt auch keine Worte dafür, die befriedigende Erklärungen oder gar Trost liefern würden. Die Kinder zeichnen sich und ihre Welt. In ihren Bildern sieht man, was ihre Sprache nicht auszudrücken vermag. Trennung, Schmerz, Leid. Blut und Abschied.

Zusammen mit seinem Freund Gustav hat Karl in Mareida so etwas wie eine kleine Schule gegründet. Zwölf Kinder zwischen vier und elf Jahren befinden sich in dem Haus am Stadtrand. Ihre Eltern sind untergetaucht, verschollen oder eingesperrt worden. Karl und Gustav konnten die Kinder außer Landes bringen, als sie selbst geflohen waren. Sie lösten ihr Versprechen an die Eltern ein, dass sie so viele der Kleinen wie möglich mitnehmen würden, sollte sich die Gelegenheit zur Flucht ergeben. Leicht war es nicht, mit einem Dutzend Kindern so weit zu kommen. Aber sie erhielten Unterstützung und Hilfe. Immer wieder, oft auch unerwartet, aber auch organisiert von der Bewegung.

In Mareida sind Karl und Gustav gleichzeitig Lehrer und Elternersatz. Jeden Tag wird Theater gespielt, gesungen, musiziert. Morgenläufe und Gymnastik werden organisiert, Spanischunterricht, Mathematik – all das, was so etwas wie Normalität in ihren Alltag zu bringen vermag. Während die quirlige Mara, freierdings Mutterersatz, aus den geringsten Zutaten die köstlichsten Gerichte auf die Teller bringt, hat Jorge, ihr Mann und väterlicher Vertrauter der Kinderschar, die sprichwörtlich goldenen Hände, die alles, aber auch wirklich alles reparieren können und wenn es an Werkzeug fehlt, baut er sich welches, auch darin ist er ungemein geschickt. Beide sind in Mareida aufgewachsen und haben ihr gesamtes bisheriges Leben hier verbracht.

Mareida war Gustavs Idee gewesen. Er hat seinerzeit einige Jahre in dieser Stadt gelebt, bis er aus gesundheitlichen Gründen in die Heimat zurückkehren musste. Es war die Zeit, in der die *AZT* noch als Sekte galt und mehr belächelt als gefürchtet wurde. Als ihr Einfluss in der Gesellschaft, in der Politik und der Wirtschaft jedoch immer stärker wurde, haben sich besorgte Geister zusammengeschlossen und versucht, eine Gegenbewegung zu formieren. Zu der Zeit haben sie sich kennengelernt. Gustav, der bärbeißige Aktionist, mit seinen fast zwei Metern Körpergröße eine wahrhafte Riesenerscheinung, und Karl, der Lockenkopf mit den traurigen Augen und der schlaksigen Figur.

Zu seinem ersten Treffen mit den Leuten von der *wfess!* war Karl zu spät gekommen. Gustav echauffierte sich ausgiebig darüber, dass man Leute, die zu spät kommen in der Gruppe nicht brauchen kann. Sie bekamen sich gewaltig in die Haare. Es hat einige Monate gedauert, bis sie sich gründlich abgeklopft haben und einander anzuerkennen begannen.

Mittlerweile hat sich zwischen Gustav und Karl eine außergewöhnliche Freundschaft entwickelt, sie sind kongeniale Weggefährten, die sich für eine Sache stark machen und die miteinander durch das sprichwörtliche Dick und Dünn gehen.

Gustav kennt das Gebiet, die Menschen, ihre Sprache und mit Jorge und Mara verbindet ihn eine viele Jahre währende innige Freundschaft. Dass Jorge seinen Vornamen mit dem Namensgeber der *wfess!* teilt, ist dazu noch ein wunderschöner Zufall.

Sie nannten die Gruppe *wfess! Was für ein schöner Sonntag!* Nach dem Titels eines Buches von Jorge Semprun, das in den 80er-Jahren des 20. Jahrhunderts erschienen war. Darin ging es um die literarische Aufarbeitung der Erlebnisse des Autors im Konzentrationslager Buchenwald. In einer Passage stehen die KZ-Häftlinge um fünf Uhr Früh beim Appell. Es schneit, es ist eiskalt und plötzlich ruft einer von ihnen aus: *Was für ein schöner Sonntag!* Der Satz danach lautet: *Er hat das mit übertriebenem Gelächter gesagt, als sagte er „Merde!" Aber er hat nicht merde gesagt. Er hat gesagt: Was für ein schöner Sonntag, Kumpel!, auf Französisch, beim Anblick des schwarzen Himmels um fünf Uhr morgens.*

Jorge und Mara hatten nie Kinder und haben die Kleinen mit weit geöffneten Armen aufgenommen. Und natürlich auch ihre beiden Begleiter. Das stattliche Haus am Stadtrand war nicht immer so stattlich gewesen. Im Lauf der Jahre hat Jorge das ursprünglich kleine Häuschen umgebaut, renoviert und erweitert, sodass es nun genug Platz für alle gibt. Den Kindern stehen zwei große Schlafzimmer im ersten Stock zur Verfügung. Gustav und Karl teilen sich das kleine Gästezimmer ebenda und Mara und Jorge haben sich ein Schlafzimmer im Erdgeschoss eingerichtet, wo sich auch eine geräumige Küche, ein Speisesaal und ein imposantes Wohnzimmer befinden.

Für Karl ist Mareida nur ein Zwischenspiel, das ist ihm von Anfang an klar gewesen. Die Ruhe vor dem Sturm, wenn man so will. Wie Gustav ist auch er ein gesuchter Widerständler. Und er weiß, die *AZT* gibt ihre Suche nach konspirativen Subjekten nicht auf. In der Hierarchie der Organisation des *wfess!* ist Karl im Lauf der Zeit ziemlich weit oben angelangt, daher wäre seine Ergreifung für die *AZT* ein großer Erfolg.

An einem sonnigen Frühlingstag, als Karl frühmorgens zum Marktplatz schlendert, um Früchte und Milch für die Kinder zu besorgen, sieht er die Uniform. Zuerst nur eine, dann eine zweite, schließlich nimmt er die Menschen wahr, die sie tragen. Es sind zehn Männer. Sie gehen den Markt ab. Stellen Fragen, sehen sich um. Leichte Panik steigt in ihm auf. Dann beginnt er unwillkürlich zu laufen. Er läuft einfach, weiter, weiter. Er weiß nicht wohin, er weiß nicht, in welche Himmelsrichtung er sich bewegt. Als er endlich anhält, ist er weit draußen, weit weg von der Stadt, er atmet heftig. Sieht sich um. Niemand ist ihm gefolgt. Sie haben ihn nicht gesehen. Oder doch? Erschöpft und schnaufend wirft er sich zu Boden. Er überlegt, wie er Gustav warnen kann. Er weiß nicht, ob es noch Sinn macht, ihn zu warnen, ob sie nicht schon da waren und alle, Gustav, die Kinder, Mara und Jorge mitgenommen haben. Er macht sich ein Bild von seinem Standort. Er muss fast fünf Kilometer außerhalb der Stadt sein. Er kann nicht den gleichen Weg zurück nehmen, den er hergelaufen ist. Er steht auf. Sein Herz schlägt wild. Er schlägt sich in die Büsche und geht über Felder, Wiesen und kleine Wälder zurück. Immer auf der Hut, blickt er um sich. Jetzt läuft er nicht mehr. Er geht. Nimmt Umwege, nicht den geraden Weg.

Als er das Gebäude am Stadtrand fast erreicht hat, kriecht er hinter einen Busch und beobachtet vorerst einmal die Umgebung. Im Garten ist niemand. Er wartet. Er schaut so angestrengt zum Haus hinüber, dass seine Augen brennen. Es ist schon nach Mittag. Vielleicht sind alle noch mit dem Essen beschäftigt, denkt Karl in einem Anflug von Hoffnung, oder sie sind alle fort, kommt ihm eine Sekunde später in den Sinn.

Er wartet, verliert das Zeitgefühl. Keine Bewegung. Es tut sich nichts. Sie sind weg, denkt er. Er wartet dennoch weiter. Der Horizont wird zunehmend dunkler. Im Haus gehen keine Lichter an. Ein schlechtes Zeichen. Er lacht bitter in sich hinein. Keiner zu sehen. Den ganzen Tag über. Keiner ist aus dem Haus gekommen. Sie sind weg. Das ist klar. Unklar ist nur, ob noch jemand im Haus ist, der ihm gefährlich werden könnte. Einer oder mehr der Schergen der *AZT*.

Die Dunkelheit bietet Schutz. Er kriecht aus seinem Versteck und geht, kriecht nahezu, langsam dem Haus zu. Als er an der Hausmauer angekommen ist, versucht er, durch das Küchenfenster zu spähen. Er sieht nur ein dunkles Etwas, nichts Konkretes. Er muss hinein, um ein paar Dinge zu holen. Er kann nicht weiterziehen, ohne seine gefälschten Pässe und für die Flucht würde er auch etwas Essen und Kleidung benötigen. Langsam schleicht er um das Haus herum. Kein Laut. Er hält die Luft an und öffnet vorsichtig die Tür. Es riecht nach Metall. Bemüht, so wenige Geräusche wie möglich zu verursachen, geht er durch den Gang im Erdgeschoss, von dem alle Zimmer wegführen. Er hört immer noch nichts. Da ist nur dieser Geruch, der in seine Nase sticht, penetrant und ätzend. Vorsichtig öffnet er die Tür zum Speisezimmer. Er stolpert über etwas Weiches und flucht leise. Er macht das kleine Lämpchen auf der Anrichte an. Dann sieht er, es sind Menschen im Zimmer. Tote Menschen. Er erkennt die Gestalt Maras, die am Boden liegt. Die Beine in unnatürlicher Haltung von sich gestreckt, ein Arm über den Augen, den malträtierten Körper Jorges, das Blut an seiner Kehle ist bereits trocken. Gustav, der mit dem Rücken an der Wand lehnt als würde er sich nur kurz ausruhen. Sein Kinn ist auf die Brust gekippt. Die toten Kinder rund um den Tisch, ihre Köpfe, auf die Tischplatte gefallen, so als wären sie, während sie aßen, einfach eingeschlafen. Er kann sich nicht halten. Es kommt einfach so aus ihm heraus. Ungebremst. Er kotzt, bis nichts mehr kommt. Kommen kann, weil nichts mehr in ihm drin ist.

Er geht Richtung Saell, atmet die kühle Nachtluft ein, gierig, als wäre er am Ersticken. Er weiß, dass es dort in der Nähe des Ortes ein Naturschutzgebiet gibt. Da würde er sich vielleicht für eine Zeitlang verstecken können. Er folgt der Straße. Immer geradeaus. In seinem Rucksack, den er eilig zusammengepackt hat, bevor er aus dem Haus stürmte, befinden sich ein Daunenschlafsack inklusive wasserdichtem Überzug, Pascal Merciers *Nachtzug nach Lissabon*, ein wenig Kleidung und eine Tafel Schokolade. Mehr hat er in der Eile, die ihn trieb, im Haus nicht finden können. Er wollte raus. Weg von dem, das hier lauerte, weg von dem Geruch des Todes.

Er geht langsam, es ist Nacht, er hat schon vor ein paar Wochen erfahren, dass das Land offenbar bereits von der *AZT* infiltriert worden ist und in gewissen Gebieten wurden auch schon Lager eingerichtet, um Gegner der *AZT*-Ideologie mundtot zu machen. Er weiß, er würde mit ziemlicher Sicherheit in einem solchen Lager enden, sollten sie ihn aufgreifen. Auch wenn sie ihn nicht sofort identifizieren können, als Ausländer kann er sich hier nicht mehr frei bewegen.

Karl blickt sich nicht um, er geht geradeaus weiter. In seinem Kopf die verschwommenen Bilder der Leichen im Haus am Stadtrand von Mareida. Er schließt die Augen, um sie loszuwerden. Aber mit geschlossenen Augen sieht er sie nur umso deutlicher. Also reißt er die Augen wieder weit auf und versucht, so wenig wie möglich zu blinzeln.

In einer kleinen Ortschaft geht er geradewegs ins Polizeirevier und fragt, ob er irgendwo übernachten dürfe, es ist schon weit nach Mitternacht, ein paar Stunden Schlaf würden ihm gut tun.

– In einer Zelle vielleicht?, fragt er den Polizisten in seinem ungelenken Spanisch. Irgendwo, wo er für ein paar Stunden ein Dach über dem Kopf haben würde. Der Mann gewährt ihm seine Bitte. Er schläft in einer der Zellen des kleinen Polizeigefängnisses eines namenlosen Ortes. Traumlos. Er ist zu erschöpft, um zu träumen. Dafür treffen ihn die Bilder und die Gedanken an das Geschehene umso schmerzhafter als er morgens aufwacht. Er öffnet die Augen und alles ist wieder da. Endlich kann er weinen. Er fühlt sich wie ein Verräter, weil der Zufall ihn diesem Massaker entzogen hat. Weil er überlebt hat und alle anderen, mit denen er die letzten Monate gelebt hat, tot sind.

Er fährt sich mit der Hand über die Augen, sucht seine Sachen zusammen und geht hinaus, um seinen Weg fortzusetzen. In Gedanken versunken ist er bereits einige hundert Meter entfernt, als er hinter sich eine Stimme hört, die schreit, er solle sofort zurückkommen. Die Stimme ist laut und dringlich. Sie duldet keinen Widerspruch. Zögernd kehrt er um und ein Polizist, ein anderer als der, der ihm für die Nacht Unterkunft gewährt hat, führt ihn zum Polizeihauptmann, der ihm viele Fragen stellt. Die üblichen Fragen. Woher er kommt, wohin er will. Sorgfältig begutachtet er Karls Pass, der auf den Namen Hans Zuber ausgestellt ist. Das Verhör verläuft unverfänglich, fast amical. Karl ist erleichtert, er beantwortet alle Fragen geflissentlich in seinem rudimentären mexikanischen Spanisch.

Als der Polizeihauptmann ihm den Pass zurückgibt und entlässt, führt ein Polizist ihn in die Zelle zurück, in der er die Nacht verbracht hat. Er sieht ihn neugierig von der Seite her an. Als er die Zellentür öffnet, lächelt er und macht eine einladende Handbewegung und sagt freundlich, – ¡Tome!

Die Zelle ist kleiner als er sie in Erinnerung hat. Sie misst vielleicht eineinhalb mal zwei Meter. An der Längsseite steht eine schmale Pritsche, daneben ein Stuhl. Mit der Gürtelschnalle klopft Karl an die Gitter. Es kommt keine Antwort. Er weiß, da sind noch andere in den Zellen, auch wenn er sie nicht sehen kann. Er versucht zu lesen. Das funktioniert nicht, weil seine Gedanken in alle Richtungen fliegen, während er liest. Nach ein paar Stunden macht er sich daran, einen Abschiedsbrief zu schreiben, zumindest im Kopf, denn er hat kein Papier und keinen Stift. Die Stunden sind wie die Ewigkeit, denkt er. Er schreibt es im Kopf auf. Er weiß nicht, wer seinen Abschiedsbrief lesen sollte, wenn er hier zugrunde ginge, also macht es auch nichts aus, wenn er nur in seinem Kopf existiert. Da ist sie, die Ahnung des Todes, schreibt er. Es gibt viele Arten von Tod. Die Ahnung des Todes ist auch eine davon.

Seine Notdurft verteilt er sorgfältig an den Wänden der Zelle, damit es nicht so stinkt. Den Urin versucht er in seinem Schuh aufzufangen, gegen den Durst. Die Angst kommt. Die Angst davor, dass er vergehen könnte. Dass er für sich und alle, die er liebt nicht mehr existieren würde. Er packt den Stuhl, der in der Zelle steht und schleudert ihn gegen das Fenster. Eine Luke, die oben in der Wand ein erleuchtetes Viereck bildet. Er muss sich an die Wand drücken, um dem Stuhl und den Scherben auszuweichen, als sie runterfallen. Dann hört er endlich etwas. Er kann niemanden sehen, aber

er hört eine Stimme schreien. Das sei kein Hotel hier, er
solle sich ruhig verhalten.

Einen ganzen Tag, eine ganze Nacht lang sitzt er
schon in dieser kleinen Zelle. Der Hunger kommt, un-
bändiger Hunger. Er hat die Tafel Schokolade im Rucksack. Doch er rührt sie nicht an. Das Essen der Schokolade würde den großen Durst wecken und sein Schuh
ist leer. Großer Durst, weiß er, ist schrecklich. Durst ist
entsetzlich.

Er versucht, sich zu konzentrieren auf das, was er
liest. Er versucht, sich zu konzentrieren auf sich selbst,
seinen Körper. Er greift sich an. Er nimmt seinen
Schwanz in die Hand. Er fühlt sich.

Es war Nacht als sie sich trennten, sie umarm-
ten sich lange. Elises Augen waren feucht, als er sie
küsste.

– Ich finde dich, wo immer du auch sein magst,
sagte sie mit ihrer rauen dunklen Stimme. Er strich
ihr übers Haar, über die Wange.

– Das wünsch ich mir, sagte er mit einem zaghaf-
ten Lächeln. Dann führten sie die Kinder aufs Boot.
Sie blieb am Kai stehen und er lehnte sich an die Re-
ling, sie schauten einander an, bis sie sich nur mehr als
Punkte wahrnahmen. Erst da bemerkte er, dass seine
Wangen, sein Gesicht nass waren von Tränen, die sich
unbemerkt den Weg nach draußen gebahnt hatten.

Ein Blick auf die Gitterstäbe katapultiert ihn zurück in die Zelle. Elise, er würde sie nie wiedersehen. Plötzlich hört er die Sirenen eines Alarms. Ihm ist nicht klar, warum die Sirenen heulen, es gibt doch keinen Krieg. Alle anderen, die sich im Gefängnis befinden, dürfen hinaus. Er nicht. Halbnackt steht er in der kleinen Zelle und umklammert sich, um zu spüren, dass er noch da ist und lebendig. Der Alarm macht ihm Angst. Ein Alarm ist immer schrecklicher als das, was auf ihn folgt. Doch es geschieht nichts, es war bloß ein blinder Alarm.

Am darauffolgenden Morgen, als Karl schon abgeschlossen hat mit seinem Leben, kommen sie plötzlich. Zwei Zivilisten kommen zur Tür hin und öffnen sie. Es ist bereits Tag. Sie sind freundlich, geradezu höflich. Sie nehmen ihm den Pass ab, sagen, er solle mitkommen, sie würden mit ihm wegfahren. Sie sprechen langsam und deutlich mit ihm, ein wenig so, als wäre er schwer von Begriff. Allein durch den Umstand, dass die Tür aufgeht, fühlt sich Karl wie erlöst. Er nickt nur und folgt ihnen in dem Gefühl, gerettet zu sein. Sie geben ihm eine Wasserflasche und ein Stück Brot. Es ist das Köstlichste, das er je getrunken und gegessen hat.

Sie bringen ihn in ein Lager. Es befindet sich unter den Tribünen einer riesigen Sportanlage. Ein Stadion, in dem früher einmal Fußball-Turniere ausgetragen wurden. Als er sich staunend umsieht, stellt er sich als

Zuschauer eines Spiels vor, wie er in Tröten bläst und die Spieler anfeuert.

Jetzt ist es ein Sammellager für Ausländer. Ein Stacheldrahtzaun führt um das Gelände herum, davor stehen, im Abstand von zirka jeweils fünf Metern bis an die Zähne bewaffnete Wachmänner. Doch Karl kommt hier an, als würde er die Freiheit betreten. Er lächelt zufrieden, als er unter die Tribünen geführt wird. Die Menschen starren ihn verständnislos an, weil er den Eindruck erweckt, als wäre er ein Erretteter und nicht einer von vielen Gefangenen.

Ein Tag folgt auf den anderen. In dem Bewusstsein, dem Tod entronnen zu sein, genießt Karl jede Minute, schläft gut in der Nacht und weiß jede noch so kleine Mahlzeit zu schätzen. Er freundet sich mit einem Engländer an, der seine Schlafstatt neben der seinen hat. Jimmy ist schon ein paar Wochen hier, warum, das ist ihm selbst nicht klar. Auch ist ihm die Sprache nicht geläufig und darum hat er auch nicht so recht verstanden, worum es ging, als sie ihn festgenommen haben.

– Ich wollte nur die Küste entlang reisen, weißt du, erzählt er eines Abends, als sie schon auf ihren Feldbetten liegen, – dann haben sie mich plötzlich geschnappt und hierher gebracht. Weiß der Himmel …, er schmeißt beide Arme in die Luft und lacht.

– Warum bist du fortgegangen, aus deinem Land, fragt Karl.

– Die Stimmung war zum Kotzen, sie haben alles abgeriegelt. Die Menschen waren völlig verunsichert. Oft kam es zu Ausschreitungen, weil keiner genau wusste, wie es weitergehen sollte. Auch die Lebensmittel verknappten sich. Es gab dann pro Bürger Rationen. Viel zu wenig für mich persönlich, er seufzt und klopft sich auf seinen Bauch, – außerdem ist das Wetter dort eine Katastrophe, er lacht.

Jimmy ist leicht übergewichtig und hat eine Glatze, über die er die an den Seiten spärlich verbliebenen Haare frisiert. Er ist einen Kopf kleiner als Karl und manchmal, wenn sie sich im Scherz streiten, wuschelt ihm Karl mit der Hand das Haar und zerstört so das improvisierte Toupet.

– Lass das, schreit Jimmy dann und lacht ausgelassen.


Es müssen schon einige Wochen vergangen sein, da kommt eines Morgens einer der Wachposten zu Karl und zieht ihn zur Seite.

– Da oben will dich jemand sehen, sagt er leise.

Neugierig folgt Karl dem Mann. Wer sollte ihn ausgerechnet hier besuchen? Wer konnte überhaupt wissen, dass er sich hier befindet? Dass er am Leben ist?

Er tritt auf die Tribüne hinaus und sieht sie.

– Karl, ruft sie und winkt aufgeregt.

Er kann es nicht glauben, da steht sie, Elise. Er geht langsam auf sie zu. Ein Traum, sagt er sich, das ist gibt es nicht. Ich träume nur. Das ist unmöglich echt.

– Ich wollte mich von dir verabschieden, sagt Elise, als er sie erreicht hat.

– Verabschieden?, er ist verwirrt.

– Ja, ich hab ein Visum für England bekommen. Die Insel, auf der alles besser sein soll als in den anderen Teilen der Welt, sie lächelt.

– So erzählt man es sich zumindest, sagt er, – mein Freund Jimmy sieht die Dinge etwas anders.

– Wer ist Jimmy?, fragt sie zerstreut.

– Ein Engländer, der auch hier festsitzt. Wie hast du mich gefunden?

– Ich hab dir doch versprochen, dass ich dich finden werde, sagt sie kokett.

– Ja, aber mich hier zu finden, ist schon etwas ungewöhnlich.

Er greift nach ihrer Hand und zieht sie an sich. Der Soldat, der sie zusammengeführt hat, wendet diskret den Blick ab. Eine kleine freundliche Geste, damit sie sich küssen können? Zaghaft treffen sich ihre Lippen, in der Arena der Fußballturniere, auf den Stufen der Tribüne. Ihre Umarmung dauert lange, zumindest fühlt es sich wie eine Ewigkeit an. Sie ist Begrüßung und Abschied, Anfang und Ende, Einschlafen und Wachwerden, die Ewigkeit komprimiert auf ein paar wenige Minuten. Als sie fortgeht, ist ihm klar, dass sie nicht ausreisen wird, dass sie versuchen wird, in seiner Nähe zu bleiben. Er blickt ihr nach, während sie die Stufen zum Ausgang hinuntersteigt. Kurz bleibt sie stehen, dreht sich zu ihm um und winkt. Dann verschwindet sie hinter einer großen Schiebetür.

– Was war los?, fragt Jimmy, als Karl zurückkehrt.

– Ich weiß es nicht. Ich glaub, ich hab geträumt, antwortet er. Dann erzählt er ihm von dieser seltsamen Begegnung.

Ein paar Tage nach Elises Besuch bekommen Karl und Jimmy die Information, dass einige Gefangene in ein anderes Lager verlegt werden. Als die Wächter am nächsten Morgen die Namen derjenigen verlesen, die transferiert werden sollen, sind auch die von Karl und Jimmy darunter. Zirka 50 Gefangene sind von der Umsiedelung betroffen. Alle beeilen sich, ihre Dinge zusammenzupacken, der Transporter steht bereit und die Wachmänner machen Druck. Im Laster ist es eng. Während der Fahrt herrscht großes Schweigen, niemand weiß, was sie erwarten wird und keiner will es sich vorstellen.

Es stellt sich heraus, dass das neue Lager in einem Sumpfgebiet liegt. Da zu überleben ist nicht ganz so leicht, das bemerken sie schon bei ihrer Ankunft. Alles ist feucht und ätzender Schimmelgeruch liegt in der Luft. Als sie den Transporter verlassen, bekommt ein jeder von ihnen Holzpantoffeln in die Hand gedrückt, die sind nötig in diesem Gebiet, sonst sinkt man in der Erde ein oder bekommt zumindest nasse Füße. Dann wird ihnen ihr Schlafplatz zugewiesen, der aus aufgeworfenem Stroh besteht, auch das Stroh fühlt sich stockig an und riecht dementsprechend.

Der Kommandant des Lagers lässt sich vorerst nicht blicken. Er stiehlt den Gefangenen lediglich das Fressen. Die Rationen werden von Tag zu Tag kleiner. Von jenen, die schon länger hier sind, erfahren sie, dass der Kommandant die Lebensmittel, die er zurückhält in einem Raum hortet, um sie dann auf dem Markt des nahe gelegenen Ortes zu verkaufen. Positiv ist aber, dass er zumindest nicht verhindert, dass die Gefangenen auch Außendienste leisten können, dass man über sogenannte Arbeitstrupps für ein paar Stunden aus dem Lager hinauskommt. Bei diesen Gelegenheiten stehlen Karl und Jimmy Lebensmittel. Während Jimmy ordentlich mit seinen Holzpantoffeln klappert, wenn die Kisten mit den Lebensmitteln für die Lager auf die Lastwagen verladen werden, bricht Karl die eine oder andere Kiste auf und steckt sich ein paar Konserven unter seine Kleidung. Im Lager teilen sie die Beute dann mit den anderen. Einer der Bewohner ihrer Baracke besitzt sogar einen kleinen Benzinkocher, auf dem sie die Konserven wärmen können.

Mit diesen Diebstählen beschäftigt sich der Kommandant kaum. Es scheint ihm egal zu sein, wenn ein paar Konservendosen weniger das Lager erreichen. Er kürzt nur die Rationen. Der Kommandant hat schiefe Zähne, ist klein und untersetzt, aber sein Körper ist muskulös und kräftig. Er spricht nie mit den Gefangenen, wenn er seine seltenen Runden durch die Baracken macht, um zu kontrollieren, ob alles seine Ordnung habe. Im Grunde interessiert es ihn nicht, was hier geschieht, es macht den Eindruck, als wäre seine Position nur eine lästige Pflicht.

Eines Tages beschließen Karl und seine Kameraden, den Kommandanten um etwas zusätzliches Stroh für ihre Schlafplätze zu bitten. Mehr Stroh würde die Qualität der Schlafstatt erheblich verbessern. Karl erklärt sich bereit, diesen Gang zu machen. Erwartungsvoll folgen ihm die Blicke seiner Genossen, als er aus der Baracke tritt. Der Kommandant empfängt ihn sogar. Er ist weit kleiner als der Gefangene, der um mehr Stroh bittet. Er blickt auf den ungepflegten Mann vor ihm. Von unten her blickt er hinauf in die Augen Karls. Er kneift die Augen zu Schlitzen zusammen und hört sich an, was der Mann zu sagen hat. Dann, völlig unerwartet streckt der Kommandant seine Hand aus und packt Karl am Kragen. Er greift so fest zu, dass ihm die Luft knapp wird. Ohne etwas zu sagen stößt er Karl zu Boden, wo er benommen liegen bleibt. Träge erhebt er sich, befühlt seine Arme, seine Beine, seinen Kopf. Er kann sich bewegen. Er schaut zum Kommandanten, der sich von ihm abgewandt hat und in den Papieren kramt, die auf seinem Schreibtisch liegen. Karl klopft sich den Staub aus den Kleidern und geht zurück zu den anderen. Hinter seinem Rücken führt die Sonne ihr alltägliches Schauspiel vor. Sie schickt sich an zu verschwinden. Langsam bereitet sie die Nacht vor. So, als wolle sie einen sanft warnen davor, dass es dunkel werden, das Licht verschwinden würde. Als wolle sie einen vorbereiten auf das einsame Dunkel der Nacht, indem sie warm orangene, besänftigende Lichter gegen die Erde schickt.

Niedergeschlagen kommt er zu den anderen zurück.

– Wie war's, fragt Jimmy ungeduldig. Alle schauen ihn fragend an. Karl schüttelt nur den Kopf und legt sich auf seine Schlafstatt. An diesem Abend ist es in der Baracke stiller als sonst. Dennoch kann Karl keinen Schlaf finden. Er wälzt sich hin und her, versucht eine Position zu finden, die ihn entspannt.

– Kannst du auch nicht einschlafen?, flüstert Jimmy.

– Nein, flüstert Karl zurück, – Jimmy, ich muss hier raus?

– Wie raus?, fragt er verdutzt, – ist es wegen deiner Elise?

– Ich muss raus aus diesem Lager. Ja, ich möchte sie finden.

– Wie willst du das anstellen? fragt Jimmy verwundert.

– Ich hab schon einen Plan.

Nachdem er diese Worte ausgesprochen hat, fühlt er sich erleichtert. Er atmet tief ein und aus.

– Hilfst du mir?

– Klar, wenn ich helfen kann, sagt Jimmy unsicher.

– Seit wann bist du wieder hier?, fragt Sara.

– Magst du Tee?

Karl schüttelt den Kopf.

– Hast du Alkohol. Ich hätte ein Glas nötig. Hierher zu kommen war kein Honiglecken.

– Ich hab noch etwas Most im Keller. Und eine Flasche Schnaps gibt es auch noch da unten, glaub ich.

– Beides. Gern.

– Seit wann bist du wieder hier?, wiederholt sie ihre Frage, als sie mit Most und Schnaps aus dem Keller zurückkehrt.

– Seit ein paar Wochen. Aber es hat fast ein Jahr gebraucht, um zurückzukommen.

– Du warst einfach weg. Plötzlich. Erst hab ich mir Sorgen gemacht, dass sie dich festgenommen oder schlimmer, umgebracht haben. Aber dann war da diese Mail, die du mir geschickt hast.

– Ja, die. Ich hatte fast niemanden mehr hier, dem ich blind vertrauen konnte. Deshalb hab ich so irrwischig geschrieben. Er lacht. Das Harte ist ein wenig aus seinem Gesicht gewichen. Sara streicht ihm über den Arm.

– Ich freu mich, dass du hier bist, sagt sie – du hast meinen Brief bekommen?

– Ja. Er nimmt einen großen Schluck aus der Schnapsflasche. Der Schnaps ist stark, er muss husten.

– Wir hatten noch die gute Zeit damals. Wir durften sagen, was wir denken, sagt sie nach einer Pause.

Es war wie immer. Zumindest dachten das alle. Es gibt Wahlen, eine oder zwei Parteien übernehmen die Regierung, bringen nichts zustande, werden bei den nächsten Wahlen mehr oder weniger abgewählt und andere Parteien kommen zum Zug und bringen nichts zustande und so weiter. All das immer flankiert von Korruption, Menschenverachtung und Selbstgefälligkeit. So war es zumindest in der Vergangenheit und alle dachten, es würde einfach so weitergehen.

– Wir haben nicht bemerkt, dass da etwas anderes kommt. Wie bei einem bösartigen Tumor, den man erst erkennt, wenn es schon viel zu spät ist für Heilung. Die einzige Möglichkeit, die einem da noch offen bleibt, ist der Tod, sagt Karl.

– Wie bei Mama, murmelt Sara.

– Nein, sagt Karl mit einem seltsamen Glanz in den Augen.

– Nein, sie hatte eine Wahl, die haben wir nicht. Sie hätte uns nicht alleine lassen müssen.

– Vielleicht doch. Ihr Geschwür war ein anderes, auch schleichend. Aber anders, sagt Sara leise.

– Ich weiß es nicht.

Beide schweigen und starren in das flackernde Kerzenlicht. Karl wischt sich unbemerkt eine Träne von der Wange.


– Mama, ich bin wieder da, ruft Sara.

– Lola hat sich den Fuß verstaucht. Sie ist so ein Tollpatsch.

Es ist still im Haus. Ungewöhnlich still. Sara öffnet die Tür zur Küche. Langsamen Schrittes geht sie hinauf ins Schlafzimmer der Eltern, wirft einen Blick ins Badezimmer. Niemand da.

Komisch, denkt sie und geht in ihr Zimmer. Dann überlegt sie es sich anders und kehrt zurück in die Küche. Nimmt sich Limonade aus dem Kühlschrank und widmet sich ausgiebig ihrem Smartphone. Kurze Zeit später kommt Karl durch die Tür.

– Wo ist Mama, fragt er.

– Einkaufen, denk ich, sie ist nicht da, antwortet sie ohne aufzuschauen.

– Warum ist sie nicht da?, fragt Karl weinerlich.

– Dummkopf, weil sie nicht da ist. Sie klopft ihm auf den Kopf.

– Frag nicht so blöd.

Karl setzt sich an den Küchentisch. Er greift nach Saras Glas und nimmt einen Schluck daraus.

– Hey, das ist mein Saft. Hol dir selbst was.

Er geht zum Kühlschrank und trinkt direkt aus dem Krug.

- Das ist ja ekelhaft, Sara steht auf und holt ihm ein Glas.

- Da ist dann wieder dein Sabber im Saft. Hier, nimm und schenk dir ein.

Karl schenkt sich umständlich ein. Er trinkt gierig. Dann stellt er das Glas auf den Tisch.

- Ich geh Mama suchen, sagt er, – vielleicht ist sie ja hinterm Haus.

- Geh nur. Sara lacht über etwas, das sie am Bildschirm sieht. Karl geht in den Garten. Er schaut im Schuppen nach. Da ist niemand. Er geht ein Stück die Straße lang. Ellas Auto steht vor dem Haus auf der Straße. Karl bleibt stehen und drückt seine Nase auf die Scheibe und schirmt die Augen mit den Händen ab. Er versucht, die Tür zu öffnen. Sie ist versperrt. Enttäuscht kehrt er zum Haus zurück. Wieder in der Küche sagt er zu Sara, – Mamas Auto steht draußen auf der Straße und ist zugesperrt. Ich glaub nicht, dass sie einkaufen gegangen ist.

Sara sieht ihn an ohne etwas zu sagen.

- Vielleicht ist sie am Dachboden, schlägt Karl vor.

- Okay, sehen wir nach.

Gemeinsam gehen sie die Stufen hoch. Der Dachboden ist ein großer Raum, in dem unendlich viele Dinge gelagert sind. Kisten mit Kleidung, ein schie-

fer Schaukelstuhl lümmelt in einer Ecke. An der
Wand stehen zwei enorme Kästen mit allerlei Spielzeug, Werkzeug und anderem Krimskrams darin.

– Da ist nichts. Vielleicht ist sie jemand besuchen
gegangen, zu Fuß, meint Sara.

– Sie geht doch nie jemanden besuchen, sagt Karl
trotzig.

– Vielleicht räumt sie ja den Keller auf, sagt Sara.

Sie gehen nach unten. Steigen die Stufen in den
Keller hinunter, erreichen den Gang, von dem aus
Türen in die Waschküche, in den Kesselraum und
in die Vorratskammer führen. Sie schalten das Licht
an. Sara fühlt einen Kloß im Hals und einen Knoten
im Bauch. Doch davon sagt sie Karl nichts. In der
Waschküche ist niemand. Die Tür zum Kesselraum
steht offen. Auch hier ist keiner. Vor der Tür der Vorratskammer liegt ein Blatt Papier. Sara hebt es auf
und liest „Ruft Papa an“. Der Kloß in ihrem Hals
schwillt an.

– Geh nach oben, sagt sie zu Karl. Laut, fast wie
ein Schreien klingt es.

– Warum?, fragt Karl zurück.

– Geh, sofort. Geh, jetzt!, schreit sie nun wirklich.
Ängstlich blickt Karl zu ihr hoch. Er hat Tränen in
den Augen, dreht sich um und läuft die Stufen hinauf. Vorsichtig greift Sara nach dem Türknauf.
Sie zögert kurz, dann öffnet sie die Tür mit einem
schnellen Ruck und drückt auf den Lichtschalter.

Zuerst sieht sie nur das blaue Seil und die umgekippte Holzkiste. Dann erst nimmt sie ihre Mutter wahr.

– Sie hat aus Verzweiflung gehandelt. Sara streicht sich mit der Hand über die Augen. Sie wirkt müde.

– Auch wir handeln aus Verzweiflung, sagt Karl und nimmt einen weiteren Schluck aus der Flasche.

Wieder Schweigen. Nur ihr Atmen ist zu hören und das Schlucken, wenn sich Karl die Flasche an den Mund führt.

– Wo ist Louis eigentlich?, fragt Karl in die Stille hinein.

– Er ist vor etwas mehr als einem Jahr in die Stadt gefahren, um ein paar Dinge zu besorgen. Er hat gemeint, Gilbert braucht neue Bücher. Er ist nie zurückgekommen. Ich hab alle meine Kontakte abgeklappert. Keiner hat etwas von ihm gehört.

– Gilbert ist euer Sohn, du hast ihn in deinem Brief erwähnt.

– Er ist hier im Haus auf die Welt gekommen. Nachdem du weg warst, ist es in der Stadt ziemlich ungemütlich geworden. Es gab kein Geld mehr. Nur Karten wurden ausgegeben, die man gegen Essen oder Kleidung oder Dinge, die man im Alltag so braucht, eintauschen konnte. Louis hat seinen Lektorenposten verloren. Er war nie ein großer Revolutionär, aber er stand für bestimmte Werte ein, das hat ihn seinen Job gekostet. Wir haben beschlossen herzuziehen. Vor dem großen Crash haben wir unsere Urlaube hier verbracht. Wir haben die Vorratskammer aufgefüllt, ohne daran zu denken, dass uns das einmal nützen würde. Hier gab es den Garten und einen Keller voll mit Lebensmitteln. Einfach ideal. Wir haben Kartoffeln angepflanzt und Gemüse. In der Stadt haben wir alles liegen und stehen gelassen. Nur ein paar Kleider und persönliche Dinge haben wir mitgenommen. Auch der Computer ist dort geblieben und die Smartphones. Darauf haben wir gern verzichtet. Dann war ich plötzlich schwanger. Ich hatte eigentlich geglaubt, einer von uns oder wir beide sind unfruchtbar. Wir haben nie verhütet und plötzlich diese Schwangerschaft.

– Vermisst du die Stadt?, fragt Louis. Sara schüttelt lächelnd den Kopf.

– Na ja, vielleicht doch ein bisschen. Ich vermisse das Leben, das wir hatten und auch wieder nicht. Sie küsst ihm auf die Nase.

Ihr Leben hat sich verändert. Die Tage verbringen sie im Freien, um den Garten zu pflegen. Manchmal liegen sie in der Sonne und schauen in den Himmel. Es gibt nicht viel zu tun. Zwei oder drei Mal pro Tag schlafen sie miteinander. Weil es Spaß macht. Oder aus Langeweile. In diesen Tagen ist Saras Möse wie eine Spieluhr. Man muss sie nur richtig aufziehen und sie spielt immer und überall.

– Ich glaub, ich bin schwanger, sagt Sara.

– Was? Louis sieht sie erschrocken an.

– Bist du sicher?

– Ziemlich sicher. Ich weiß nicht, ob ich mich darüber freuen oder entsetzt sein soll. Ich hab jedenfalls nicht vor, mich beim Zentralregister zu melden, erklärt sie widerspenstig.

Vor ein paar Wochen wurde ein neues Gesetz der *AZT* erlassen, demzufolge sich alle Schwangeren im Zentralregisteramt der *AZT* registrieren lassen müssen. So verschaffen sie sich einen besseren Überblick, was den Neuzuwachs betrifft. Das Gesetz sieht weiters vor, dass die Kinder mit Erreichen des zweiten Lebensjahres an die *AZT*-Jugend abgegeben werden müssen. Dort erzieht man sie dann zu ordentlichen *AZT*-Hörigen und wenn das nicht fruchtet, finden die Kinder für ihre Opferrituale Verwendung.

– Was sollen wir tun?, fragt Louis nervös.

– Ich will es, das Kind. Uns wird etwas einfallen.


– Ich hab mich und die Schwangerschaft versteckt, so gut es ging. Irgendwie haben wir das mit der Geburt dann auch geschafft. Ohne Google. Sara lacht.

– Und er war so schön, als er da aus mir herauskam. Wir sind fast eine Woche lang im Bett geblieben. Wir sind nur aufgestanden, um aufs Klo zu gehen oder um etwas zu essen. Mama hat ja nichts weggeworfen. Vielleicht hätte sie es später mal getan, wenn sie weitergelebt hätte. Sara macht eine Pause und blickt ins Leere. Dann macht sie einen Ruck, als würde sie etwas von sich schütteln und fährt fort.

– Es gab eine Menge Babykleidung und Spielzeug, ja, im Grunde genommen war alles da, was wir brauchten. Sie hat es am Dachboden verstaut, all das Zeug. Ich hab Gilbert fast nur im Haus gelassen. Damit ihn niemand sieht, obwohl das Haus abgelegen ist und die nächsten Nachbarn zur Gänze abgewandert sind. Manchmal bin ich nachts mit ihm raus, um ein wenig spazieren zu gehen. Tagsüber hab ich ihn oft schlafend an das offene Fenster gestellt, wenn die Sonne schien. Mit der Zeit hab ich dann darauf geachtet, dass er überhaupt nur mehr nachts wach ist und tagsüber schläft. Das war sicherer. Als er dann älter wurde, begann er Fragen zu stellen. Ob es noch andere so kleine Menschen wie ihn gibt und solche Sachen. Es war schwierig, darauf Antworten zu finden. Tja, und kurz vor seinem vierten Geburtstag machte sich Louis auf in die Stadt und kam nicht wieder.

Sara holt ein Glas aus dem Küchenschrank und schenkt sich Most ein. Sie trinkt es in einem Zug aus.

Karl beginnt leise zu sprechen.

– Ich bin mit einem Freund aus der *wfess!* nach Mexiko gegangen. Wir dachten, es wäre leichter, von außen etwas zu bewirken. Im Nachhinein gesehen war Mexiko keine gute Wahl, wenn man bedenkt, dass die Azetler ihre Werte teilweise vom Aztekenvolk übernommen haben. Wir haben uns in Mareida niedergelassen. Gustav, mein bester Freund, zwölf Kinder und ich. Offiziell waren wir Aussteiger, Europäer, die sich in einem billigen Land niedergelassen haben. Wie es früher ja oft gängig war. Man hat wenig Geld und setzt sich in ein Land ab, in dem das wenige Geld, das man hat, mehr wert ist. Eine Zeitlang ist es ganz gut gelaufen. Doch dann waren die Azetler definitiv auch in Mexiko angekommen. Sie haben sich verbreitet wie ein Virus. Sie haben uns gefunden. Sie haben Gustav, die Kinder und unsere Gastgeber umgebracht. Ich kam nur durch einen Zufall davon. Doch die mexikanischen Militärs haben mich aufgegriffen und in ein Lager gesteckt, dann in ein anderes. Niemand wusste, wer ich wirklich war, mein Pass war gefälscht. Aus dem zweiten Lager bin ich eines Nachts ausgebrochen. Es war nicht sehr gut gesichert. Ich hab's geschafft. Jimmy, mein Freund, den ich im ersten Lager kennengelernt habe, hat mir dabei geholfen. Wir sind in tiefer Nacht an die Mauer. Er hat mir die Leiter gemacht. Als ich oben war bin ich einfach in die Nacht hineingesprungen und gelaufen. Ich hab Schüsse gehört und bin trotzdem weitergelaufen.

Karl blickt auf den Golf von Mexiko. Die Weite des Meeres hat ihn schon immer gefangen genommen. Als er klein war, hat seine Mutter ihm oft Geschichten vom Meer erzählt. Sie erzählte von einem Kapitän, der die Meere bereist und viele Abenteuer bestand. Sie erzählte von der Weite, vom Horizont, von den Farben des Meeres, den Fischen, den Tieren, den Pflanzen, die es bevölkern. Er atmet tief ein. Spürt Salz auf seiner Zunge. Er hebt die Hand über die Augen, weil die Sonne ihn blendet. Dann hört er das Geräusch. Ein Knacken. So als wäre ein Schuh auf einen trockenen Ast getreten. Hastig dreht er sich um. Es ist nichts zu sehen. Dennoch macht er sich eilig daran, zurück in sein Versteck zu gelangen. Er kriecht unter den Busch. Bedeckt sich hastig mit den Blättern, die er zu diesem Zweck gesammelt hat. Dann hört er Stimmen. Eine Hand schlägt ihm die Blätter vom Körper und zieht ihn an seinen langen krausen Haaren unter dem Busch hervor. Jetzt erkennt er die Uniform. Sieht eine Gruppe von Männern, die ihn grinsend umzingelt haben.

– Hans Zuber?, sagt ein schon in die Jahre gekommener schmächtiger Mann mit dicken Brillengläsern vor kleinen, ständig blinzelnden Augen.

– Oder wollen wir dich doch lieber beim richtigen Namen nennen, Karl Bernegg?

Der Mann mit der dicken Brille schlägt ihm mit dem Pass ins Gesicht und lacht hämisch.

– Deine Flucht hat dich verraten. Das war kein kluger Schachzug. Und dein kleiner englischer Freund hat für dich ins Gras beißen müssen.

Sie stülpen Karl einen Jutesack über den Kopf, legen ihm Fesseln an und führen ihn fort.

– Sie haben das berühmte Ritual zelebriert. Es war ein Massaker. Hunderten haben sie die Haut vom lebendigen Leib abgezogen und mich gezwungen, dabei zuzusehen. Der Gestank, die Schreie, es nützte nichts, die Augen zu schließen. Dann war da plötzlich ein Innehalten. Sie haben mich auf einen Hügel geführt, mich an einen Baum gebunden. Ich dachte, das ist jetzt das Ende.

Karl verstummt. Sara legt ihm die Hand auf seinen Arm. Mit der anderen Hand streichelt sie seine Wange.

– Kennst du Kreuzenzian?, fragt Sara.

– Wie kommst du jetzt auf Kreuzenzian, sagt Karl erstaunt. Aber er scheint auch erleichtert zu sein über diesen überraschenden Themenwechsel.

– Weil er dort vorkommt, wo wir heute hinfahren werden.


Sie erzählt ihm von dem Schmetterling, der nur in Zusammenhang mit dem Kreuzenzian lebensfähig ist. Der Kreuzenzian-Ameisenbläuling braucht den Kreuzenzian zuerst für seine Eiablage und später dann als Raupennahrungspflanze. Die Larven fressen in den Blütenknospen und bohren sich dann aus der Blüte heraus, lassen sich fallen, um anschließend von den Ameisen in ihr Nest getragen zu werden. Die Puppen der Schmetterlinge geben nämlich ein Sekret ab, das für die Ameisen angenehm ist und so bringen sie sie in ihren Ameisenbau und die Arbeiterinnen füttern sie. Der Ameisenbläuling ist im Grunde eigentlich so etwas wie ein Kuckuck. Manchmal fressen die Raupen zu guter Letzt auch noch die Ameisenbrut auf. Aber sie bleiben und werden gefüttert, so lange, bis sie sich entpuppen und als Schmetterlinge hinaus in die Welt fliegen. Ab diesem Moment erst wird der Schmetterling zum offiziellen Fressfeind für die Ameisen, weil sie ihre schützende Duftmarkierung verloren haben. Doch, würde einer der drei an diesem Prozess Beteiligten verschwinden, so gäbe es keinen mehr von ihnen.

– Das ist eine eigene kleine Weltenstruktur. Ein Mikroversum könnte man sagen, doziert Sara.

– Man merkt, dass du Biologie studiert hast, Schwester, sagt Karl mit einem amüsierten Lächeln, – aber was hat das mit unserer Welt zu tun?

– Erst plündert man den einen aus, dann den anderen. Der Freund wird zum Fressfeind. Das Angenehme verwandelt sich in Unangenehmes. Wir alle leben in symbiotischen Systemen. Es ist nur nicht so offensichtlich wie bei diesem Schmetterling, den Ameisen und der Pflanze.

Karl beginnt zu weinen. Die Tränen rinnen seine Wangen entlang. Er schluchzt, krümmt sich, ringt um Atem. Sara starrt ihn hilflos an. Sie schiebt die Flasche mit dem Schnaps näher an ihn heran. Sie wartet ab. Streichelt ihm den Rücken.

– Hab ich etwas Falsches gesagt, fragt sie bestürzt, als er sich etwas gefangen hat. Gierig nimmt er einen weiteren Schluck aus der Schnapsflasche, die nun beinahe leer ist.

– Nein, nein. Es ist nur, sagt er, – … die Schönheit, das Entsetzen, das liegt so nah beieinander.

– Ja, sagt Sara, – das Schöne kann man nicht konservieren. Es gibt nur Episoden. Das trifft aber auch auf die hässlichen Dinge zu. Es geht im Leben immer wieder darum, Abschied zu nehmen. Die Erinnerung nehmen wir mit, vielleicht auch bis in den Tod hinein …

Sie holt tief Atem.

– Ich weiß, dass Louis die Sache mit Lola nie ganz verwunden hat. Wir haben oft über diesen fatalen Abend gesprochen, als der Unfall passierte. Wir haben überlegt, was wir hätten anders machen können oder sollen. Ich hab die Bilder immer noch in mir. Ein paar von uns haben überlebt. Lola und Jenna mussten sterben. Diese Nacht hat uns zusammengeschweißt. Wir konnten nicht mehr ohne einander sein. Aber manchmal auch nicht miteinander. Es war schwierig, sich davon loszumachen. Aber sieh du mal das Hirn deiner Liebsten auf der inneren Windschutzscheibe eines Autos kleben. Sie verstummt.

– Louis fehlt mir. Ich würde zu gern wissen, wo er abgeblieben ist …

– Ich hab auch jemanden verloren, sagt Karl leise. Sara wartet ab, ohne etwas zu sagen.

– Elise. Karl spricht wie abwesend.

– Sie hat Elise geheißen. Sie war nicht nur schön, sie war alles, was man sich von einer Gefährtin nur wünschen kann: stark, humorvoll, klug, auch schlau, ja, alles. Ich hab sie kennengelernt, bevor ich nach Mexiko aufgebrochen bin. Sie war auch in der Bewegung. Die zwei Wochen vor meiner Abreise waren die schönsten in meinem Leben. Sie musste bleiben, weil sie für die *wfess!* noch einen Auftrag zu erledigen hatte. Ich wollte nicht weggehen. Nicht mehr, als ich sie kannte. Aber ich hatte es den Eltern der Kinder versprochen, die ebenso besorgt waren um die Zukunft ihres Nachwuchses wie wir von der *wfess!*. Beim Abschied hat sie mir versprochen, sie würde mich finden. Unberufen. Ich dachte, es wäre nur so dahingesagt, um uns beiden ein bisschen Trost zu geben. Doch sie hat mich tatsächlich gefunden, stell dir vor. Im ersten Lager, in dem ich interniert war. Plötzlich war sie da. Ich hab mich in meinem Leben nie so überrascht gefühlt. Es war nur kurz. Ein paar Minuten lang. Ein Kuss. Dann ging sie wieder fort. Doch ich wusste, wir würden uns wiedersehen. Nur aus dem Grund bin ich aus dem Lager geflüchtet, um sie wiederzusehen. Und wahrscheinlich hab ich die Kraft, die ich dafür brauchte ebenso diesem Grund zu verdanken. Und dass es gelungen ist auch. Als sie mich an den Baum gebunden haben, dachte ich, das ist das Ende. Und das war es in gewisser Hinsicht auch. Sie haben mir die Augenlider aufgeklemmt. Sie haben meinen Kopf fixiert, um zu verhindern, dass ich mich abwenden kann. Dann hab ich sie wiedergesehen. Sie haben Elise aus einer Holzkiste gezerrt. Sie mussten sie davor schon gefoltert haben. Sie war über und über mit Blut befleckt. Sie war nackt. Ich weiß nicht, ob sie mich sehen konnte. Ihre Augen waren stark geschwollen. Dann legten sie sie über einen großen Stein und begannen sie zu häuten, so dass die Haut am Ende in einem Stück abgezogen werden konnte. Sie gab keinen Laut von sich. Das ist also unser Wiedersehen, dachte ich. Ich schrie und schrie bis ich keine Stimme, keinen Atem mehr hatte. Schließlich bin ich in Ohnmacht gefallen. Als ich wieder zu mir kam, lag ich neben dem Baum am Boden. Die Fesseln, die Augenklemmen und die Kopfstütze hatten sie mir offensichtlich wieder abgenommen. Ich fragte mich, ob sie mich beobachten würden. Erst einmal rührte ich mich nicht. Dann kamen die Bilder. Alles Erlebte war plötzlich wieder da und real. Ich begann wieder zu schreien. Meine Schreie waren jedoch nur ein Krächzen. Ich wollte rufen, aber meine Stimme versagte. Dann stand ich auf, so gut ich konnte. Drehte mich nach links, nach rechts. Ich rechnete mit einem Angriff. Doch es kam nichts. Sie haben mich einfach da gelassen. Vielleicht dachten sie, ich wäre tot. Im Grunde hatten sie mich ja schon getötet, auch wenn ich noch am Leben war. Vielleicht sind sie auch verscheucht worden, durch einen Angriff. In Mexiko gab es auch schon eine starke

Untergrundbewegung. Vielleicht hat man mich, ohne es zu wissen, gerettet. So absurd das auch wäre. Ich war doch nicht mehr zu retten. Karl hebt die Hände vor sein Gesicht.

– Die Geschichte ist nicht auszuhalten, sagt Sara.

Sie steht auf und schlurft in den Keller. Karl bleibt beim Tisch sitzen und starrt jetzt die Decke an.

Als Sara mit einer kleinen Flasche Wodka zurückkommt und ihm die Flasche vors Gesicht hält, erwacht er aus seiner Starre, greift sie und nimmt einen tiefen Schluck daraus.

– Wir sollten bald aufbrechen, sagt er dann.

– Ja, es ist Zeit. Sara steht auf und verlässt die Küche. Nach einer Weile kommt sie mit einem großen Tramperrucksack zurück.

– Der ist für Gilbert. Er schläft tief und fest. Ich hab' ihm ein Betäubungsmittel in den Kakao gemischt. Er wird nicht aufwachen.

Gemeinsam gehen sie die Treppe hoch und holen das Kind aus dem Bett.

– Er sieht friedlich aus, sagt Sara.

– Er ist ein hübscher Junge, sagt Karl.

Er trägt das Kind nach unten, sie wickeln ihn in eine warme Decke und betten ihn ins Auto. Ein E-Auto, leise, gerade richtig für ihre Zwecke.

– Das Auto hab ich von einem Kumpel. Er hat einen ganzen Fuhrpark am Stadtrand. Er wird es morgen als gestohlen melden. Das ist sicherer für ihn, sagt Karl.

– Ich hab was vergessen, sagt Sara plötzlich und läuft ins Haus zurück. Als sie zurückkommt hält sie ein Stofftier in der Hand und legt es in Gilberts Arme, der friedlich auf der Rückbank schläft. Sie streichelt sein Gesicht, gibt sich einen Ruck und steigt ins Auto.

So ziehen sie durch die Nacht. Sie fahren mit Standlicht, um nicht unnötig aufzufallen. Alles wirkt ruhig. Die Landschaft ist eine dunkle Silhouette.

Sara nimmt einen USB-Stick aus der Manteltasche.

– Hat das Auto so einen Stecker?, fragt sie und hält Karl den Stick vor das Gesicht.

– Ich denk schon. Schau mal da in der Mitte.

Sie sucht die Mittelkonsole ab und wird fündig. *I see fire* tönt aus den Boxen.

– Eine alte Nummer. Im Radio wird so etwas gar nicht mehr gespielt. Alles in *AZT*-Hand. Die stehen mehr auf Volksrock ‚n‘ Roll oder noch Dümmeres. Sie schüttelt verächtlich den Kopf.

– Eine würdige Musik, die perfekte Untermalung für unser Vorhaben, sagt Karl mit einem zynischen Unterton in der Stimme.

– Wir sind echte Hobbits, sagt Sara.

Das Auto verursacht kaum Geräusche. Es ist, als schwebten sie geradezu über den Asphalt. In der Ferne leuchten vereinzelt offene Feuersäulen in den schwarzen Himmel. Gilbert wimmert leise im Schlaf.

– Es ist immer schwieriger geworden, ihn zu verstecken. Ich will nicht, dass er den Azetlern in die Hände fällt. Er würde wahrscheinlich sofort am Opfertisch landen, sagt Sara leise, als redete sie zu sich selbst.

Sara drückt das Handy ans Ohr.

– Ja, sagt sie knapp.

Louis ist dran.

– Ich räum grad mein Zeug in eine Kiste.

– Ich auch, sagt Louis.

– Warum du auch?, fragt sie erstaunt.

– Ben hat uns heute zusammengerufen und erklärt, es würde zu einer Neuorientierung des Verlags kommen. Damit meinte er natürlich, dass in Zukunft die *AZT* die Richtung vorgeben wird. Daraufhin hab ich ihm erklärt, dass ich Texte, die vor Schwachsinn nur so überlaufen, nicht lektorieren kann.

Er schweigt ins Telefon.

– Ich kann mir denken, was das bedeutet.

– Hm, macht er nur.

– Wir hatten heut Besuch. Der Rektor hat uns in die Aula gerufen und ein fieser Typ, klein, schmächtig, mit dicker Brille und Schweineaugen hat uns einen Vortrag gehalten. Das Gesetz, dass wir Frauen von nun an vom Arbeitsprozess ausgeschlossen werden sollen, sei nur zu unserem Besten. Frauen, hat er gesagt, wären ab jetzt nur mehr für die wesentlichen Dinge verantwortlich. Reproduktion und Haushalt. Haha!, lacht sie hysterisch in den Hörer.

– Den Rücken der Männer freihalten, heißt es, schnaubt sie.

– Und das, obwohl ihre Anführerin eine Frau ist. Ich glaub es einfach nicht. Die hat Angst vor uns, will uns zum Schweigen bringen. Damit wir ihr keinen Strich durch die Rechnung machen. Es wäre ja nicht das erste Mal in der Geschichte, dass Frauen erfolgreich mobil machen. Im positiven Sinn.

– Vor Feigheit ist niemand gefeit! Du Fischweib du. Er muss lachen.

– Schön gesagt, zischt sie.

– Was machen wir jetzt?, fragt sie verzagt.

– Wir treffen uns zu Hause.


– Es ist nicht mehr weit, sagt Karl. Sara schaut aus dem Fenster. Sie wischt sich ein paar Tränen von der Wange.

– Gut, sagt sie.

– Wie es wohl ist, zu sterben? Ist es dort, wo wir hinkommen dann einfach dunkel? So dass wir nicht erkennen können, ob es schön ist oder nicht? Oder ist plötzlich alles schön? Haben wir dann überhaupt noch Begriffe zur Verfügung, um das, was uns umgibt, zu beschreiben?

– Wir werden es bald wissen, sagt Sara und ruft gleich darauf, – da, der Berg, ich kann ihn schon sehen.

– Hab ich doch gesagt. Am besten wird sein, wir lassen das Auto in der letzten Biegung stehen und gehen den Rest zu Fuß.

Die Straße windet sich in engen Kurven nach oben hin. Sara weint leise und streichelt Gilbert so gut sie es vom Vordersitz aus kann. Auch wenn er jetzt schläft, wird er die Erinnerung an diese Berührungen mitnehmen, denkt sie. Karl lenkt das Auto auf einen Schotterweg und hält an. Stumm steigen sie aus. Karl bettet Gilbert sanft in den Tramperrucksack und schnallt ihn sich auf den Rücken. Sara steckt den Stofflöwen dazu hinein. Dann gehen sie ein steiles Stück aufwärts.

– Bist du sicher, dass du das tun willst?, fragt Karl. Sara bleibt stehen und leuchtet mit der Taschenlampe in sein Gesicht.


– Mama spielst du mit? Gilbert hat drei Stofftiere in den Armen. Einen Löwen, dem ein Ohr fehlt, einen Teddybären mit rotem Pullover und einen Hund, dessen Zunge aus dem breiten Mund weit heraushängt, dadurch wirkt seine Mimik als würde er breit grinsen.

– Was spielst du denn? fragt Sara, während sie an ihn herantritt und ihm übers Haar streicht.

– Ich spiel Freunde, sagt er strahlend.

– Schau, das ist Trudi. Sie ist die stärkste. Und weißt du, warum ihr ein Ohr fehlt, sagt er eifrig, während er mit dem Zeigefinger auf die Stelle klopft, an der sich das Ohr befinden sollte, – weißt du, sie hat gegen Monster gekämpft, weil sie mich beschützt hat. Sie hat mich gerettet. Er schaut Sara tief in die Augen, – deshalb ist sie jetzt mein bester Freund, flüstert er und drückt dem Löwen einen feuchten Schmatzer auf den Kopf.

Sara lächelt und sagt, – Das ist ja schön. Sie muss sich beherrschen, denn sie spürt, dass sie die Tränen kaum zurückhalten kann.

– Und das ist Rudi, der geht mit mir zum Angeln, wenn du schläfst. Er kennt die besten Witze, sagt Gil.

– Zum Beispiel sagt er oft ‚Wo ist der Floh? Im nirgendwo?‘. Gilbert lacht herzlich.

– Und das ist Gretchen. Sie lacht immer am lautesten, wenn Rudi Witze erzählt.

Nach einer Pause, in der er gedankenverloren ins Nichts schaut, sagt er plötzlich, – Warum kann ich eigentlich keine echten Freunde haben? Lebendige. Nicht solche aus Stoff.

– Ich bin deine Freundin, sagt Sara ein wenig zu forsch.

– Nein, das geht doch nicht, du bist meine Mama. Er denkt kurz nach.

– Aber wenn du mitspielst, kannst du mein Freund sein. Auch wenn du meine Mama bist und das ist eigentlich was anderes.

– Warum? Kann ich denn nicht deine Freundin und deine Mama sein?, fragt Sara jetzt betont mild.

– Wenn du mitspielst schon, aber nur im Spiel. Er schaut sie ernst an.

– Wo ist eigentlich Papa?

– Er ist in die Stadt gegangen, um Bücher für dich zu holen.

– Hm, macht Gilbert, – und wann kommt er wieder?

– Gilbert, das fragst du mich jeden Tag. Ich weiß es nicht, sagt sie ein wenig gereizt.

– Papa kann auch mein Freund sein, wenn er mitspielt, sagt er trotzig.

– Komm, sagt Sara und nimmt ihn an der Hand, – wir trinken einen Kakao und dann ab ins Bett. Es wird bald hell.

Sie küsst ihn auf die Stirn.


– Ja, ich bin sicher. Das ist keine Welt mehr, in der man leben kann.

Sara flüstert, unterbrochen von trockenem Schluchzen. Karl sieht sie lange an, dann hebt er die Schultern.

– Gut, dann ziehen wir es durch, ich hab nichts zu verlieren, sagt er.


Herbert Kipfl, 1. Offizier der *AZT*, der seit drei Monaten im *Almfrieden* stationiert ist, stöhnt im Schlaf. Nach seiner ruhmreichen Karriere bei der *AZT* hat er diese Art von Ruhestand sehr wohl verdient. War er doch einer der ersten, der sich für die neue Religion der charismatischen Sektenführerin Al Zenker begeistern konnte und hat schon in den Anfängen der Bewegung an den Rädern mitgedreht, die den Lauf der Welt verändern sollten. Er war etwas über 50 Jahre alt, als er ihr anlässlich eines ihrer ersten Auftritte begegnete. Sie war jung und hatte eine Ausstrahlung, die ihn sofort vereinnahmte. Seidiges dunkles Haar, das bis an die Hüften reichte. Alles an ihr war überdimensioniert lange, lange Beine, lange Arme, lange Finger. Am meisten hat ihn der Blick ihrer dunklen, blauen Augen beeindruckt. Der ließ Schauer über seinen Rücken laufen, sie blickte durch einen hindurch und doch mitten hinein, so als sähe sie alles, alles was in einem steckte und was nicht. Charisma, Strenge und Grausamkeit, all das vereinte sich bei Al Zenker in einem außergewöhnlich sinnlichen Körper. Ihre Bewegungen waren fließend, ihre Stimme dringlich, eindringend in das Bewusstsein ihrer Zuhörer, manchmal schrill, skandierend, dann wieder dunkel und voll von Ruhe und Vertraulichkeit. Kipfl war eher von kleiner Statur und schmächtig, er hatte schütteres, immer leicht fettig wirkendes Haar, trug eine dicke Brille und der körperliche Kampf war nie eine seiner Stärken gewesen. Doch das war dann, als er in der *AZT* die Ränge hochstieg auch kein wirklicher Nachteil, denn er verstand sich vorzüglich auf Foltertechniken und hatte überraschenderweise auch für die Opferrituale ein besonderes Händchen. So avancierte er rasch zum allseits begehrten Zeremonienmeister.

– Alle ziehen in den Tod, so begann die promovierte Anthropologin seinerzeit ihre bewegende Rede, die ihre Vision eines neuen Lebens für alle Menschen dieser Erde darstellen sollte. *Alle ziehen in den Tod …* ihre Devise nährte sich aus dem Schicksal, das alle Menschen ereilen würde. Früher oder später. Daher sei es also auch egal. Ob früher oder später. Und sie zitierte Camus: *Man kann jedoch nie genug darüber staunen, dass alle so leben, als ob niemand ,wüsste'.* Sie sagte, das, was man über die Zukunft definitiv wisse sei lediglich, dass wir Menschen der Jetztzeit darin nicht mehr vorkommen würden. Unsere Kraft sei beschränkt auf das Hier und Jetzt. Auch wenn man das nicht gerne zugeben wolle.

Sie war eine Erscheinung, es ging geradezu ein Leuchten von ihr aus, wenn sie sprach. Man könne die Endlichkeit der Menschen nicht ignorieren, sagte sie. Es wäre an der Zeit, sich diesen Gedanken zu stellen und im Hier und im Jetzt sein Leben zu leben. Auszuleben, was einem in den Sinn kommt, denn die einzige Konstante im Leben der Menschen sei der Tod. Und sie endete mit den Worten: Wir müssen endlich damit beginnen, uns von der Warte des Endes aus zu betrachten.

Zu Beginn wurde sie von vielen belächelt, doch Kipfl nahm sie von Anfang an ernst und wurde ihr treuester Follower, lange bevor die Bewegung heutige Ausmaße angenommen hat.

Er öffnet die Augen, denn er ist von seinem eigenen Stöhnen wach geworden. Ein paar Sekunden lang liegt er so da und blickt in die dunkle Leere, die ihn umgibt.

Es ist ihm, als höre er Stimmen. Ein Flüstern, Fremdkörpergeräusche, die die perfekte Stille der Nacht im *Almfrieden* empfindlich stören. Er tastet nach seinen Brillen und schleicht sich ans Fenster an.

– Alles schwarz, murmelt er leise.

Er kneift die Augen zusammen und erkennt, dass die Dunkelheit an einer Stelle aufbricht. Ein kleines unbedeutendes Lämpchen schneidet Flecken aus ihr heraus.

Kipfl bemüht sich, noch mehr zu erkennen. Er geht ganz nahe ans Fenster heran, quetscht seine Nase gegen die Scheibe, wischt sich eine fettige Haarsträhne aus der Stirn. Er sieht wie sich das Licht ruckartig auf und ab bewegt, im Rhythmus der Schritte zweier schattenhafter Figuren. Eine von ihnen trägt etwas Unförmiges auf dem Rücken. Sie nähern sich dem Abgrund. Kipfls linke Augenbraue zieht sich nach oben. Er berührt den Fenstergriff. Gerade als er ihn zum Öffnen nach unten drücken will, bemerkt er, dass die beiden über den Abhang hinausgetreten sind und fallen. Kein Laut, kein Schrei, kein Geräusch. Der Offizier streicht sich über die Stirn und öffnet schließlich das Fenster. Er blickt zu den Sternen auf. Dann hört er das Geräusch eines dumpfen Aufpralls.

– Hast du die Sachen, fragt Louis. Er ist erschöpft, stützt sich mit der Hand am Schreibtisch auf, hinter dem Max sitzt und sich, ohne ihn anzusehen, eine Zigarette dreht.

– Hab ich. Hinten. Komm. Er steckt sich die Zigarette an und springt auf. Gemeinsam verlassen sie das Hauptgebäude und gehen durch das Areal Richtung Lagerhalle.

– Wie geht es Sara?, fragt Max im Plauderton mit der Zigarette im Mund. Er nimmt einen tiefen Zug.

– Gut, denk ich, antwortet Louis knapp.

– Ihr seid nicht mehr zusammen?, fragt Max mit aufgerissenen Augen.

– Wir haben uns getrennt. Ich glaub', sie wohnt bei ihren Eltern.

– Ich dachte, die wären tot.

– Nur ihre Mutter.

– Und du? Wo treibst du dich herum?

– Ich hab mich aufs Land zurückgezogen.

– Aha. Wo denn?

– Ein Kaff am Arsch der Welt.

– Vielleicht kenn ich es ja?

– Glaub' ich nicht.

– Wie heißt denn der Ort?

– Kottenunzen. Ein kleiner Luftkurort in den Bergen, sagt Louis.

Sein Vater hat seinerzeit tatsächlich ein Feriendomizil in diesem Nirgendwo erworben. Rundum nur Wald und ungebändigte Natur. Eine geschotterte Straße, die fast bis zum Haus führt, nur die letzten 30 Meter muss man zu Fuß zurücklegen. Vor einigen Jahren, als sein Vater starb, hat Louis es geerbt. Eine schlüssige Erklärung also.

– Nö, kenn ich doch nicht. Was für ein krasser Name!

Nach einer kurzen Pause fragt Max, – Wozu eigentlich Kinderbücher?

– Ach, nur so. Ich hab vor, etwas nachzuholen, das ich als Kind versäumt habe.

– Jetzt hab ich ja Zeit für sowas.

Sie stehen vor dem riesigen Tor der Lagerhalle. Max hat Mühe, die schwere Metalltür aufzuschieben. Er flucht.

– Scheißtür, wird immer schwieriger, die aufzukriegen.

Als er die Tür mit all der Kraft, die er zur Verfügung hat aufschiebt, fällt ein wenig Licht in die Halle vor ihnen. Man erkennt die Konturen von gewaltigen Regalen, die mit allerlei undefinierbarem Kram gefüllt sind.

– Ganz hinten. Komm mit, sagt Max, wirft den Zigarettenstummel mit einer lässigen Geste auf den Boden vor sich und steigt mit einem Fuß darauf.

Es herrscht Zwielicht. Als Louis die Uniformen erkennt, ist es zu spät für eine Umkehr. Sie kommen von allen Seiten. Mit Waffen in der Hand, die auf ihn gerichtet sind. Louis wirft einen Blick in Max' Richtung. Der zieht nur die Schultern hoch und sagt, – Tut mir leid, Kumpel, dreht auf dem Absatz um und verlässt die Halle.

– Wen haben wir denn da? Ein kleingewachsener schmächtiger Typ mit Flaschenböden vor den Augen tritt aus dem Schatten und mustert Louis von oben bis unten. Er hat die Hände in die Seiten gestemmt und hält sich gestreckt, vielleicht, um dadurch ein wenig größer zu wirken.

– Ist das nicht der Liebhaber der Schwester eines Regimeverräters? Er lächelt süffisant.

– Wir hätten da ein paar Fragen an dich. Vielleicht kannst du uns ja weiterhelfen.

Er gibt seinen Männern ein Zeichen. Die packen Louis an den Schultern, drehen seine Arme nach hinten und legen ihm Handschellen an.

Tonya fühlt sich immer noch wie auf Wolken als sie zu ihrem Auto geht. Es sind nicht nur die paar Tequilas, die sie sich nach dem Auftritt reingezogen hat, die sie so euphorisch stimmen. Der Auftritt heute Abend hat sich wie ein Feuer angefühlt. Aus den anfänglichen Funken haben sich im Lauf der Stunden heftige Flammen entwickelt. Die Leute haben gekreischt, gesungen, getanzt und es waren viele. Weitaus mehr Menschen als bei ihren Auftritten zuvor. In ihr pumpt immer noch das Adrenalin. Manchmal bedarf es lediglich ein paar geschickt gesetzter Töne, die alles hochpumpen, bis zum Kontrollverlust. Gedankenverloren lächelt sie in sich hinein und erschrickt als jemand – Hast du Feuer? fragt. Zerstreut dreht sie sich um und greift gleichzeitig in ihre Handtasche.

– Ja, das hab ich heute tatsächlich, sagt sie zweideutig. Sie kann nicht aufhören, das Lächeln hat sich in ihr Gesicht gebrannt.

Als sie den Einstich an ihrem Hals spürt, verlöscht es wie die Flamme am Docht, wenn man sie zwischen Zeigefinger und Daumen quetscht. Sie hält erstaunt inne, schaut ihrem Angreifer ungläubig ins Gesicht und schon beginnt um sie herum alles zu schwanken. Die Straßenlaternen, die Häuser, selbst die Straße scheint sich wellenartig auf und ab zu bewegen. Der Mann nimmt sie in seine Arme, um den Sturz abzufangen. In diesem Moment kommt ein Pärchen vorbei.

– Braucht ihr Hilfe, fragt der junge Mann, während die Blondine an seiner Seite, offensichtlich verwirrt von der Situation, ihren Begleiter am Ärmel seiner Jacke zupft, um ihn zum Weitergehen zu bewegen.

– Zu viel getrunken, sagt Tonyas Angreifer ohne aufzublicken, – ich schaff das schon. Er lächelt ihnen schwach hinterher, als sie ihren Weg fortsetzen.

Tonya in seinen Armen stöhnt. Das letzte, das sie wahrnimmt, ist die Straßenlaterne über ihr, die nun nicht mehr nur schwankt, sondern gefährlich anmutende Strahlen aussendet. Dann wird es dunkel und still in ihr und um sie herum.

Die Tage sind wie Teig, dehnen sich aus und ziehen sich zusammen bis nur noch ein undefinierbarer Klumpen übrig bleibt. Er weiß nicht, wie viele Verhöre er schon über sich hat ergehen lassen müssen. Manchmal kommen sie mehrmals hintereinander am Tag und auch in der Nacht, soweit er das eine vom anderen noch zu unterscheiden imstande ist. Sie reißen ihn aus dem Schlaf, überschütten ihn mit Eiswasser und führen ihn hinaus in das Zimmer, in dem die Befragungen stattfinden. Es ist ein einfacher und schmuckloser Raum. Die Einrichtung besteht lediglich aus einem Tisch, auf dem eine überdimensionierte Lampe platziert ist und aus zwei Sesseln. Als er zum ersten Mal hineingeführt wurde, musste er ein Lachen unterdrücken, auch wenn ihm so ganz und gar nicht dazu zumute war. Das Bild erinnerte ihn an die billigen Krimis, die er sich oft aus Jux und Tollerei mit Sara gemeinsam angesehen hat. Dabei haben sie sich mit Popcorn und anderen Knabbereien vollgestopft und kichernd jede Szene kommentiert.

Die grelle Lampe am Tisch, die man seinem Gesicht entgegendrehte, der finstere Blick seiner Gegenüber, es waren immer andere. Einer, der hinter ihm an die Wand gelehnt stand und von dem man nicht wusste, was er vorhatte, ob er einen von hinten angreifen würde oder ob er nur da war, um als Zeuge fungieren zu können, im Zweifelsfall. Oder seine Aufgabe bestand lediglich darin, die Unsicherheit des Verhörten zu schüren. Und immer wieder die gleichen Fragen. Wo Sara sich aufhalte, ob er etwas von Karl gehört habe, welche Beziehung er zu Karl gehabt habe, was er von der *wfess!* wisse …

Anfangs hat er noch versucht, mit den Fingernägeln Striche in die Wand der Zelle zu kratzen, um eine ungefähre Ahnung davon zu haben, wieviel Zeit schon verstrichen war. Nachdem dann jedoch alle Nägel abgenutzt und somit unbrauchbar für diese Art Kalender geworden waren, hat er begonnen, die Stunden zu zählen. Aber je mehr er zählte, desto mehr misstraute er seinen Ergebnissen, weil er keinen Anhaltspunkt hatte, um sie verifizieren zu können. In die Zelle kommt kein Tageslicht, er weiß auch nie wie viele Stunden er geschlafen hat oder wach war. Die Zeit wahrzunehmen war unmöglich geworden. Es können Tage sein, die er hier verbracht hat, aber auch Wochen. Er hat den Faden verloren.


Nur noch einmal schlafen, denkt Althea mit noch geschlossenen Augen. Noch einmal, dann hab ich Geburtstag.
Sie reißt die Augen auf und lächelt selig. Sie freut sich auf ihr Geburtstagsfest, auf die vielen Freunde,

die kommen werden. In Gedanken zählt sie die Namen ihrer Geburtstagsgäste auf, Melanie, Sara, Peter, Christin, Hanna, Chris, Louis, …

Sie streckt die Arme von sich und bewegt sie flach am Bett entlang vom Kopf nach unten und wieder hinauf. Auf Louis freut sie sich besonders. Obwohl er ein bisschen älter ist als sie, versteht sie sich mit ihm am besten. Mit ihm an ihrer Seite fühlt sie sich froh und unbeschwert. Sie lächelt und starrt die Wand an. Dann hüpft sie unversehens aus dem Bett und läuft zum Schlafzimmer ihrer Eltern.

– Mama! Nur noch einmal schlafen …

Doch im Bett der Eltern ist niemand. Da liegen nur zerwühlte Decken und Polster. Auch das Laken ist zerknittert. Verwundert dreht sie um und läuft in die Küche.

– Sie ist nicht nach Hause gekommen, sagt ihr Vater gerade ins Telefon als sie die Küche betritt. Dann, ein wenig hastig, – Danke, ich ruf später wieder an. Die Falte zwischen seinen Augenbrauen ist tiefer als sonst. Etwas stimmt da nicht, denkt Althea.

– Papi, wo ist Mama? Sie schläft doch sonst immer länger als ich. Ich weck sie ja jeden Tag auf.

Egon kommt ihr entgegen und hebt sie hoch, küsst ihr auf die Stirn und stellt sie wieder auf den Boden.

– Es ist spät geworden gestern. Sie hat in der Stadt bei einer Freundin übernachtet. Und vielleicht bleibt sie noch ein paar Tage dort. Ich glaub', sie möchte einfach nur in Ruhe ein paar neue Lieder schreiben.

– Sie übernachtet doch nie woanders, sagt Althea vorwurfsvoll.

– Diesmal schon. Komm Al, wir machen Frühstück. Dann erzählst du mir, was du geträumt hast. Ich hab süße Omeletten gemacht.


Louis überlegt zwanghaft, wie er hier rauskommen könnte. Aber es ist so gut wie aussichtslos. Was heißt so gut wie? Es ist aussichtslos. Er weiß nicht einmal, wo genau er sich befindet. Kennt nur diese Zelle und den Weg zum Verhörraum. Keine Ahnung, welches Gebäude, wie sich die Räume aufteilen, ob es Stockwerke über ihm gibt, oder unter ihm. Als sie ihn hierher brachten, war er wie betäubt und seine Wahrnehmung blockiert. Jetzt ärgert er sich darüber. Hätte er sich da besser in der Hand gehabt und sich konzentrieren können, hätte er zumindest eine Ahnung davon, wo er sich befindet, er würde wenigstens wissen, ob er unten oder oben war.

Wie es Sara wohl geht, wie Gil?, denkt er. In seine Hilflosigkeit mischt sich auch die große Sorge, dass die Azetler sie schon gefunden haben. Wer weiß. Während der Befragungen versucht er, Informationen aus den Fragen herauszuhören, die sie ihm stellen. Bis jetzt deutet nichts darauf hin, dass sie wissen könnten, wo Sara sich aufhält. Das Haus ist immer noch auf den Namen von Antons Großmutter eingetragen. Sie hatten immer wieder daran gedacht, die Eintragung ändern zu lassen. Davor. Dann, als sie die Stadt mehr oder weniger fluchtartig verlassen hatten, erschien es ihnen nicht mehr von Wichtigkeit. Warum die Azetler diese Adresse nicht ausfindig gemacht haben, dafür hat er keine Erklärung. Vielleicht, weil der Name von Antons Großmutter so gar keinen Faden zu Sara spinnt? Vielleicht nur ein Fehler in der Recherche. Ein Glück, dass diese Wahnsinnigen offenbar auch Fehler machen.

Er fragt sich, ob er darauf bestehen sollte, mit Althea zu sprechen. Doch der Gedanke erscheint ihm zu abwegig. Nach all dem, was sie ausgelöst hat, wie sie die Welt umgekrempelt und das Leben jedes Einzelnen auf den Kopf gestellt hat, würde er nicht anders können, als ihr seine Abscheu offen zu zeigen, auch wenn er versuchte, sich zu verstellen.

Einst waren sie Freunde. Aber das ist viele Jahre her. Sie haben nichts mehr gemeinsam. Er legt sich auf die Pritsche und starrt die Decke an. Dann fällt er in einen unruhigen Schlaf. Der Schlaf ist sein Verbündeter. Eine Weile vergessen, Träumen nachhängen, draußen sein. Keine Grenzen in Sicht.


Als Tonya erwacht, fühlt sie sich wie Blei. Sie spürt eine dumpfe Schwere in ihrem Körper, die sie in den Abgrund zieht. Immer tiefer. Als wäre sie an einem schwarzen Loch angedockt. Allmählich nimmt sie wahr, dass sie auf einer Matratze liegt.

Das Bettgestell ist aus Metall. Ein wenig Licht fällt durch ein mit Holzbrettern verbarrikadiertes Fenster in den Raum. Sie hebt ihre Hand, die fühlt sich wie Gummi an. Sie greift sich an die Augen. Streicht über die Stirn. Ich lebe, denkt sie. Vage erinnert sie sich an den Abend, den Auftritt, den Mann, der sie um Feuer gebeten hat und an die Stille, die sie dann plötzlich umgab, an den feinen Schmerz der Injektion. Sie tastet ihren Körper ab, der zögernd zu sich kommt. Als sie ihre linke Schulter berührt, fühlt sie einen kleinen stechenden Schmerz. Sie dreht den Kopf zur Seite und sieht eine Wunde, nein, keine Wunde, einen dunklen Fleck auf der Haut. Es gibt zu wenig Licht, um zu erkennen was es wirklich ist. Sie versucht aufzustehen. Erst gelingt es nicht, doch nach mehreren Anläufen steht sie dann mehr oder weniger aufrecht da und bewegt sich ruckartig in Richtung Fenster. Dort angekommen, stößt sie einen spitzen Schrei aus. Auf ihrer linken Schulter prangt eine Lotusblüte, ein rosenes Gebilde aus üppigen Blüten mit strahlend gelben Fruchtblättern und fetten grünen Stängeln.

Ein Geräusch lässt ihn hochfahren. Die Tür wird geöffnet und zwei Männer, wieder andere, er kennt sie nicht, treten herein.

– Aufstehen, sagt der größere der beiden in harschem Ton.

Louis erhebt sich. Er sieht, dass der kleinere der beiden Männer einen schwarzen Sack in der Hand hält. Jetzt ist es so weit, denkt Louis, jetzt holen sie mich zum letzten Mal. Er weiß nicht, ob er erleichtert sein oder Angst haben soll. Er steht abwartend da. Der Kleine stülpt ihm den Sack über den Kopf. Er muss sich auf die Zehenspitzen stellen, um diese Bewegung ausführen zu können. Inzwischen dreht ihm der größere Typ die Hände auf den Rücken und legt ihm Handschellen an. Er wehrt sich nicht, das hat er längst aufgegeben, er wartet resigniert auf sein Ende.

– Gehen wir, lispelt der Kleinere, seine Zunge stößt offenbar gegen die zu lange geratenen Schneidezähne. Mit einer Hand stößt er Louis in den Rücken und schiebt ihn vor sich her zur Tür hinaus. Sie gehen einen Gang entlang, es ist der, den Louis schon oft entlang gegangen ist, als sie ihn zu den Verhören führten. Dann folgen Stufen, die nach oben führen, die sind ihm neu. Der Hall den die Schritte verursachen, legt die Vermutung nahe, dass es eine Metalltreppe ist.

Also doch, denkt Louis, ich war unten. Er hört, wie der Größere, der vor ihnen hergeht, eine Tür öffnet. Er spürt eine Brise, einen Hauch von Wind.

Draußen, denkt er, ich bin draußen. Es fühlt sich gut an. Er bleibt stehen, aber einer der beiden, es muss der Kleinere sein, denn der war hinter ihm, stößt ihm in den Rücken und drängt ihn zum Weitergehen. Er hört, wie eine Autotüre geöffnet wird. Dann verfrachten sie ihn auf die Rückbank. Der Motor startet und das Vehikel setzt sich in Bewegung. Einer der beiden schaltet das Radio an. Die Musik ist fürchterlich, aber es sind immerhin Geräusche. Es ist lange her, dass er solche Töne gehört hat. Fast genießt er es. Doch dann beginnt der Kleinere lispelnd mitzusingen. Es ist kaum auszuhalten. Am liebsten würde er schreien: Aufhören!

Stattdessen versucht er, in seinem Kopf Gegentöne zu erzeugen und konzentriert sich auf die Geräusche, die der Wagen selbst verursacht oder solche, die außerhalb des Autos erzeugt werden. Die Sirene eines Rettungswagens, das Quietschen eines bremsenden Autos, das Brummen eines Motorrads. Nach geraumer Zeit und etlichen albtraumhaften Darbietungen des Lisplers kommt das Auto zum Stehen. Wortlos steigen die beiden Männer aus, einer von ihnen öffnet die hintere Autotüre.

– Aussteigen. Es ist die Stimme des Lisplers. Vorsichtig streckt Louis seine Beine hinaus ins Freie, tastet mit den Füßen nach festem Boden und steigt gebückt aus dem Auto.

– Mitkommen. Das ist die Stimme des Großen. Er klingt ein wenig wie Goofy, denkt Louis und im Schutz des schwarzen Sackes muss er grinsen und ein aufkeimendes Kichern unterdrückt er, indem er zu husten beginnt. Unbeeindruckt schiebt ihn der Lispler weiter vor sich her, während Goofy vorangeht und offensichtlich auf ein paar Tasten drückt, denn Louis erkennt das leise

Piepsen, das der Druck auf die Tastatur automatischer Türanlagen verursacht. Mit quietschendem Ton öffnet sich eine offenbar große schwere Türe. Dann hört er erneut ein Piepsen. Vielleicht ein Sicherheitsschranken? Wieder queren sie Gänge, ihre Schritte hallen laut nach. Er spürt, dass es hell sein muss, er fühlt es an seinen Armen, an seiner Haut.

Kinder kreischen und lachen ausgelassen, sie springen im Garten umher wie aufgescheuchte Heuschrecken. Erwachsene bilden Gruppen und sind in Gespräche vertieft.

Althea steht etwas abseits und beobachtet das bunte Treiben. Von der Freude, die sie am Morgen des Vortags empfunden hat, sind nur mehr rudimentäre Stückchen vorhanden. Ihre Mutter ist nicht hier. In ihr wächst die Angst davor, dass ihre Mutter sie verlassen hat. Von Stunde zu Stunde wächst sie in ihr weiter wie Unkraut. Ihr Vater meinte, sie sei bei einer Freundin und würde an neuen Liedern arbeiten. Althea hat ihm nicht geglaubt. Sie hat nur mit dem Kopf genickt und ist zurück in ihr Zimmer gegangen. Nicht einmal die süßen Omeletten hat sie angerührt. Sie hat mit dem Kopf genickt und gesagt, – Ich hab' keinen Hunger. Ihr Vater hat sie traurig angesehen und ihr nachgeschaut. Er hat nicht den geringsten Versuch unternommen, sie zum Bleiben zu bewegen. An seinem Blick hat sie erkannt, dass auch er keinen Hunger hatte und fast erleichtert war, als sie in ihr Zimmer zurückkehrte. Dann waren da die zwei Herren, die um die Mittagszeit an der Tür standen.

– Herr Zenker, haben sie gesagt, – wir haben das Auto Ihrer Frau gefunden, aber keine Spur von ihr.

Althea war leise die Treppe hinuntergeschlichen, um zu hören, was die Männer sagten. Ihr Vater hat es nicht einmal bemerkt. Er war ganz anders als sonst, unaufmerksam, zerstreut. Er hat die Herren hereingebeten und war mit ihnen in seinem Arbeitszimmer verschwunden. Die Tür ist gepolstert, so konnte sie nicht hören, was die Männer dann im Inneren des Raumes sprachen.

– Althea, komm, spiel mit!, ruft ein Junge mit strohigem Haar und Sommersprossen auf der Nase.

– Lass mich in Ruhe Louis!

– Komm schon, das ist dein Tag, du hast doch Geburtstag, nicht die anderen, sagt er und zieht Althea am Arm mit sich.

Althea lässt es widerwillig geschehen. Sie spürt den sanften Druck seiner Hand an ihrem Arm. Das fühlt sich gut an. Es beruhigt sie. Für eine Weile weichen ihre düsteren Gedanken der Freude darüber, ihn in ihrer Nähe zu haben.

– Hallo Louis, sagt eine weibliche Stimme, die er sofort erkennt.

– Nehmt ihm doch endlich den Sack vom Kopf, ihr Vollpfosten. Ich hab gesagt, ihr sollt ihn herbringen, aber nicht, dass ihr ihn wie einen Schwerverbrecher behandeln müsst.

– Tschuldigung, stammelt Goofy und beeilt sich, Louis den Sack vom Kopf zu ziehen. Der steht nun blinzelnd in dem lichtdurchfluteten Raum. Es ist zu hell für ihn. Wie lange hat die Fahrt gedauert? Alle Möbel sind weiß, das verstärkt den Eindruck, geblendet zu sein. Langsam gewöhnen sich seine Augen an das viele Licht. Er sieht Al hinter einem riesigen Schreibtisch aus Glas sitzen. Die Arme vor dem Busen verschränkt, mustert sie ihn aufmerksam von oben bis unten. Bis auf ein paar Mal im Fernsehen, hat er sie seit Jahren nicht gesehen. Sie ist älter geworden, auf der Stirn, um die Augen und um den Mund zeichnen sich feinere und stärkere Falten ab, aber die dunkelblauen Augen und die Gesichtszüge erinnern noch stark an das Mädchen, mit dem er einmal befreundet war. Das dunkle Haar, aus dem bereits die eine oder andere silberne Strähne herausblitzt, reicht ihr bis an die Hüften, sie trägt einen weißen Hosenanzug, eine weiße Bluse und weiße Pumps.

– Die Handschellen auch weg, sagt sie, an die beiden Schergen gewandt, – und dann raus mit euch.

Hastig nehmen sie ihm auch die Handschellen ab und beeilen sich, den Raum so schnell wie möglich zu verlassen. Louis meint, Angst in ihren Blicken auszumachen. Aber wieso? Al wirkt so gar nicht furchterregend in diesem Ambiente. Im Gegenteil, sie wirkt eher wie ein Engel. Ein schwarzer Engel in Weiß, fügt er in Gedanken hinzu.

– Setz dich.

Al steht auf und schiebt einen Stuhl in seine Richtung. Er reibt sich die Handgelenke und gehorcht.

– Lange nicht gesehen, sagt sie lächelnd.

Louis starrt sie ungläubig an. Wie oft hat er daran gedacht, ein Treffen mit ihr einzufordern. Diesen Gedanken hat er aber immer wieder aufs Neue als absurd abgetan. Mittlerweile waren sie zu weit voneinander entfernt. Sie hat die Zukunft der Menschheit neu definiert. Sie hat alle in eine unerträgliche Situation geführt. Er spürt wie Wut in ihm hochklettert und hinausfahren will mit einem gewaltigen Donner. Es ist fast nicht auszuhalten, diese Kraft, diese Energie, die sie schlagen, beschimpfen, ja, sogar quälen will. Doch er reißt sich zusammen, denn gleichzeitig ist er auch verwirrt. Wie kommt es, dass er hier ist, in diesem Zimmer, mit der Feindin der Menschheit.

– Komm schon, willst du nicht hallo sagen?, sie lächelt süffisant.

– Du fragst dich, warum du hier bist? Warum ich dich hab' holen lassen? Es ist ganz einfach, ich hab deinen Namen zufällig auf einer der Opferlisten gesehen. Und ich dachte mir, ist das mein Louis? Dann hab ich mir die Protokolle der Verhöre schicken lassen.

Du warst es eindeutig. So hab ich mir gedacht, nach all der Zeit wäre es doch schön, meinen alten Freund wiederzusehen.

Louis hält sich an den Lehnen des Sessels fest, auf dem er sitzt und schwankt zwischen Abscheu und Verwunderung.

– Was willst du von mir? Seine Stimme klingt rau, er räuspert sich.

– Ich wollt dich nur sehen. Sie rollt mit den Augen und streicht sich mit einer saloppen Bewegung eine Haarsträhne aus der Stirn.

– Du siehst müde aus. Und ein wenig verhungert. Ich lass dir was zu essen bringen.

– Nein, danke, ich hab keinen Hunger, sagt er schnell, wie außer Atem.

– Gut, dann wollen wir mal über alte Zeiten plaudern. Wie geht es Sara?

– Sara? Ich weiß nicht, wie es ihr geht. Das ist sogar die Wahrheit, denkt er. Ich weiß es wirklich nicht.

– Du weißt auch nicht, wie es Karl geht? Wo er sich rumtreibt? Sie kratzt sich nachdenklich an der Stirn.

– Ich hab' seit Jahren nichts von ihm gehört. Keine Ahnung wo er sich „rumtreibt".

– Ich hab' die Protokolle gelesen. Du scheinst wirklich nichts zu wissen. Die haben dich sicher nicht mit Samthandschuhen angefasst, was?

– Wieso tust du das? Ich meine, wie konntest du so weit kommen. Du bist eine Sadistin, weißt du das?

Sie lacht hell auf, schlägt sich auf die Oberschenkel und lacht weiter.

– Hör auf zu lachen. Es gibt nichts zu lachen. Es ist traurig genug, was aus dieser Welt, aus uns geworden ist, seine Stimme zittert.

– Komm schon, ein bisschen Spaß kann man sich doch gönnen. Ich hatte so wenig Spaß in meinem Leben. Sie sieht ihm ernst in die Augen.

– Außerdem hab ich in wenigen Jahren das geschafft, wozu über Dezennien niemand in der Lage war. Ich hab die Explosion der Weltbevölkerung verhindert, ich hab die Wirtschaft reanimiert, kein Mensch auf dieser Welt leidet mehr an Hunger oder Durst und meine Klimapolitik trägt ebenso wunderbare Früchte. Kein Krieg und keine Seuche haben es jemals geschafft, die Welt so zu verändern wie ich es getan habe, skandiert sie.

– Du verfügst über weniger Empathie als eine gezündete Handgranate, brüllt Louis außer sich vor Wut.

– Beruhige dich. Sie legt ihm eine Hand auf seine Schulter und übergeht seinen Ausbruch.

– Ich finde, du könntest eine Dusche vertragen, du stinkst, mein Lieber. Dort ist das Bad.

Al weist mit dem Zeigefinger auf eine Tür hinter ihm.

– Ich hab dir auch etwas zum Anziehen hingelegt. Keine Ahnung, ob es dir passt. Wenn du fertig bist, können wir ja weiter plaudern.

Tonya steht am verbarrikadierten Fenster. Sie ist zu erschöpft, um sich zu bewegen. Immerhin hat sie es geschafft, aufzustehen und bis hierher zu kommen. Plötzlich hört sie Schritte und jemand öffnet die Tür von außen. Der Mann, der sie hergebracht und eingesperrt hat, trägt einen Koffer in der Hand.

Der Typ ist groß, überdurchschnittlich groß, denkt sie. Sie rührt sich nicht von der Stelle, sie ist auch zu schwach, um Angst zu empfinden.

– Ausgeschlafen?, fragt er mit einem breiten Lächeln. Als wäre sie zu Besuch und freiwillig hier, als wäre es eine völlig normale Situation. Der perfekte Gastgeber, der sich nach dem Befinden des Eingeladenen erkundigt. Sie muss lachen, sie kann es nicht halten, das Lachen bricht aus ihr heraus. Sie kann nicht aufhören, bis es in einem verhaltenen Schluchzen mündet. Während dieser Verwandlung beobachtet er sie neugierig, aufmerksam, wie ein Forscher, der sein Experiment überprüft.

– Wer sind Sie?, fragt sie stockend zwischen den Lauten, die sie von sich gibt.

– Wo bin ich? Was wollen Sie von mir?

Er kommt auf sie zu. Nun wieder mit diesem strahlenden Lächeln im Gesicht. Er stellt den Koffer ab und das Lächeln verschwindet von einem Moment auf den anderen.

– Wir haben noch viel vor, Tonya. Du bist mein Projekt. Du wirst mein Meisterstück.

– Woher kennen Sie meinen Namen, fragt sie erstaunt.

– Ich kenne dich schon lange. Ich kenne dich schon seit Monaten. Ich weiß, wer du bist, wo du wohnst. Ich kenne deinen Mann Egon, deine Tochter Althea. Ich weiß, wo du dich herumtreibst.

Tonya staunt ihn an, das Schluchzen ist in ihr stecken geblieben. Sie ist wie erstarrt. Jetzt ist die Angst da. Sie fühlt den Schweiß auf ihrer Stirn, an ihrem Körper, von dem sie jetzt erst bemerkt, dass er völlig nackt ist.

– Dein Mann ist Psychiater. Deine Tochter ist heute sieben Jahre alt geworden. Du und deine Band hattet gestern einen fulminanten Auftritt. Ich war dabei. Kompliment!

Gestern, das heißt es ist bloß ein Tag vergangen, seit er sie betäubt und entführt hat. Zur Angst gesellt sich nun die Wut, eine unbändige tobende allesumfassende Wut. Ungelenk bewegt sie sich auf ihn zu, mit erhobenen Fäusten. Sie will ihn schlagen, ihm das Gesicht zerkratzen, die Brust aufreißen. Jetzt lacht er wieder, amüsiert sich an ihrer Hilflosigkeit und wieder spürt sie einen kleinen Stich an ihrem Hals, der ihr das Bewusstsein nimmt.

Er duscht, Wasser perlt über seinen Körper, er legt seine Stirn an die kühlen weißen Fliesen. Die Spannung in ihm legt sich. Er genießt den warmen Wasserstrahl.

Er schließt die Augen und lässt geschehen, dass das Wasser ihn einhüllt.

Nach langen Minuten steigt er heraus und wickelt sich in ein großes weißes und flauschiges Handtuch. Er fühlt sich gut wie lange nicht. Wie lange? Wieviel Zeit war vergangen? Wieviele Tage, Wochen waren verstrichen, seit sie ihn in die Zelle gesteckt haben?

Er tritt ans Fenster. Blinzelt in die Sonne und muss einen Moment lang die Augen zusammenkneifen. Er reckt sein Gesicht und genießt das Licht, die Wärme wie ein Streicheln an seinem Körper.

Das Gebäude, in dem er sich befindet, steht offenbar auf einem Hügel, man kann weithin sehen. In der Ferne reflektieren Dächer die Sonne, sie leuchten silbern auf. Die Stadt liegt friedlich in einer Senke. Es muss Nachmittag sein. Die Sonne steht schon tief. Ein Schwarm Spatzen erhebt sich in die Lüfte. Ihre Flügel färben sich golden im Widerschein der Sonne. Er will sich sattsehen, möchte aufholen, was er in der letzten Zeit verpasst hat. Er saugt die Bilder auf, die sich ihm auftun, er will sie speichern, um sie eines Tages wieder abrufen zu können, sollte es nötig sein. Ein Vorrat für die Zukunft, wer weiß schon, was Al wirklich vorhat. Hat sie ihn wirklich gerettet oder spielt sie mit ihm bloß Katz' und Maus?

– Althea, ich muss mit dir sprechen, sagt Egon als er in ihr Zimmer tritt. Althea, denkt sie, das sagt er nur, wenn ich etwas Schlimmes angestellt habe, oder wenn es um etwas sehr Ernstes geht. Sie sieht ihm geradewegs in die Augen. Es muss etwas sehr Ernstes sein, denn sie kann sich nicht erinnern, etwas Schlimmes angestellt zu haben. Er sieht alt und müde aus, als er sich auf ihr Bett setzt und sie zu sich winkt.

– Komm her Täubchen, sagt er leise. Er hebt sie auf seine Knie und streichelt ihre Wange.

– Ich muss dir etwas sagen. Eine Pause entsteht.

Ich hab es gewusst, denkt Althea, sie haben sich gestritten und dann ist Mama fortgegangen und hat uns verlassen und dann werden sie sich scheiden lassen wie die Eltern von Louis, jetzt muss Louis eine Woche bei seiner Mutter und die nächste bei seinem Vater wohnen, das ist nicht fair.

– Ich will das nicht, schreit Althea plötzlich.

– Was willst du nicht, mein Täubchen?, fragt Egon sanft.

– Ich will nicht, dass ihr euch scheiden lässt und ich dann eine Woche bei dir und eine Woche bei Mama wohnen muss. Louis hat mir erzählt, dass ihm das gar nicht gefällt und er am liebsten davonlaufen möchte.

– Nein, mein Schatz, das ist es nicht, was geschehen ist. Eigentlich weiß ich nicht, was wirklich geschehen ist. Es ist so, also, deine Mama ist verschwunden.

Als er aufbrach hat er Sara in den Arm genommen.

– Ich komm' wieder, hat er gesagt. Es war ein ernst gemeintes Versprechen. Er küsste Gilbert auf die Stirn und gab ihm High five.

– Pass gut auf deine Mama auf. Gilbert lachte und streckte ihm seine kleine Spitze Zunge entgegen. Doch dann wurde er plötzlich ganz ernst und wirkte seriös und erwachsen.

– Klar, das werd ich. Wir passen alle auf sie auf. Er streckte ihm seine Stofftierbande entgegen.

– Bleibst du lange fort?, fragte er dann und eine kleine Falte vertiefte sich auf seiner Stirn.

Gilbert hat dasselbe strohige Haar wie Louis und große Tupfer Sommersprossen bedecken seine Stupsnase.

– Nein, ich bin bald wieder da, hat er geantwortet. Ein Versprechen, das er unter Umständen nicht halten können würde, das war ihm bewusst, aber er wollte die Stimmung nicht noch unangenehmer machen, als sie es schon war. Er beeilte sich fortzukommen. Abschiede sind niemals schön. Viel angenehmer ist es, jemanden willkommen zu heißen. Ein Abschied geht immer ins Ungewisse. Mit diesen Gedanken im Kopf tauchte er in die Nacht ein.

Erst wollte er auf direktem Weg in die Stadt. Doch nach ein paar Stunden des Wanderns kam ihm die Idee. Er änderte die Richtung. Natürlich würde ihn der Abstecher nach Kottenunzen weitaus mehr Zeit kosten, aber, wenn er sich für ein paar Tage dort aufhält, könnte er glaubhaft machen, dass er die letzten Jahre dort gelebt hat. Nur für den Fall.

Nachts ging er. Tagsüber versteckte er sich in Schuppen oder im Gestrüpp und schlief. Die Vorräte, die Sara ihm mitgegeben hatte, waren nach ein paar Tagen aufgebraucht. Er wusste, in ein, zwei Tagen würde er Kottenunzen erreicht haben. Es war nicht mehr allzu weit. So verdrängte er den Hunger und trottete weiter. Manchmal bescherte ihm der Zufall ein paar Pilze, die er roh hinunterschlang oder Beeren. Wasserquellen fand er zur Genüge entlang des Weges.

Tonyas Zeitempfinden ist so gut wie nicht vorhanden. Sie hat keine Ahnung, wie viele Tage vergangen sind, seit dem Abend, an dem sie aus der Zeit gefallen ist. Sie weiß nicht, ob sie eine Nacht oder tagelang geschlafen hat. Durch die Ritzen verbarrikadierten Fensters sieht sie, ob es Tag oder Nacht ist. Aber sie weiß nicht wie viele Stunden zwischen ihren Schlaf- und Wachzeiten liegen.
Ihr Gehirn arbeitet langsam. Sie denkt angestrengt nach, versucht, einen Plan zu entwickeln. Der Kopf ist eine riesige Wunde. Er schmerzt bei jedem Gedanken. Ihr Körper ist mittlerweile fast gänzlich mit Tattoos übersät, da ranken sich Blüten über ihre Schenkel, Ornamente zieren die Arme, Figuren bela-

gern ihren Bauch. Sie strengt sich an, versucht, eine Strategie zu finden. Hier rauskommen, das ist es was sie will. Die Situation beenden. Aber wie? Sie geht im Raum auf und ab. Versucht, ihr Gehirn über die Bewegung zum Arbeiten zu bringen.

Ihr Kopf befindet sich in Aufruhr. Sie muss diesen Mann dazu bringen, ihr zu vertrauen. Wie? Sie muss sein Vertrauen gewinnen. Wie? Sie muss ihn davon überzeugen, dass sie ihn mag, ja mehr noch, dass sie ihn mehr als mag. Wie? Er ist ein Ekel. Er ist ein Psychopath. Ja, und er hat sie von ihrem Leben getrennt. Er hat ihr das Leben genommen. Er hat ihr Vertrauen an die Welt zerstört. Er hat sie vernichtet. Nein, das hat er noch nicht. Das darf sie nicht zulassen. Vielleicht ist es ja noch nicht zu spät.

Wie kann sie ihn davon überzeugen, dass sie ihn mehr als mag? Sie geht auf, sie geht ab. Sie müht sich ab. In ihrem Kopf kreuzen sich die Gedanken. All ihre Bemühungen scheinen in der Leere zu verpuffen. Da gab es doch etwas, sie hat es wo gelesen, oder hat Egon ihr davon erzählt. Ach, Egon, wie er ihr fehlt. Er wird sie suchen. Er wird verzweifelt sein. Wird er sie finden? Sicher hat er schon Himmel und Hölle in Bewegung gesetzt, um sie zu finden. Sie hält inne. Wie hieß das nochmal? Irgendeine skandinavische Stadt. Ein Syndrom. Ja, ein Syndrom, bei dem die Opfer mit den Tätern sympathisieren. Stockholm. Ja, das war es. Sie musste sich nur zusammennehmen, ihn glauben machen, dass ihre Gefühle echt sind. Er muss ihr vertrauen. Er darf ihr keine Injektionen mehr verabreichen. Die machen müde und schlapp. Und sie darf nicht schlapp und müde sein. Sie muss klar denken und handeln können. Erschöpft lässt sie sich auf das Bett fallen.

Im Areal vor dem Gebäude befindet sich ein von hohen Mauern eingerahmter Spielplatz. Darin sieht er Kinder spielen, adrett in weiße Trainingsanzüge gekleidet. Unter ihnen könnte auch Gil sein, wenn … diesen Gedanken will er gar nicht weiterdenken.

Als er das Haus in Kottenunzen endlich erreicht hatte, machte er ein Feuer. In der Speisekammer stapelten sich hunderte Konservendosen. Den Vorrat hatte noch sein Vater angelegt. Bevor er starb.

– Man weiß nie, hat er angemerkt, als er das Schmunzeln seines Sohnes wahrnahm, während er ihm die vielen Dosen in seinem Kofferraum zeigte.

– Diese Konserven überdauern Jahrzehnte. Und das Haus liegt weitab von allem. Vielleicht wird es einmal helfen, sagte er, ohne den Blick zu heben.

Louis hat bloß den Kopf geschüttelt und weiter geschmunzelt und gewunken, als der Wagen aus der Einfahrt fuhr. Er sollte seinen Vater nie wiedersehen. Bei der Rückfahrt von Kottenunzen hatte er einen tödlichen Unfall.

– Du hast recht behalten, Vater, sagte er laut vor sich hin und erschrak von dem Lärm, den das Gesagte verursachte. Er hatte tagelang kein Wort gesprochen, es fühlte sich fremd an.

Er versuchte, so viele Spuren von sich dazulassen wie möglich. Einmal onanierte er sogar auf die Bettwäsche. Und er schlief, viele Stunden. Der Weg in die Stadt würde viel Kraft kosten. Im besten Fall würde er zehn Tage unterwegs sein. Er füllte seinen Rucksack mit etlichen Büchsen, steckte einen Dosenöffner dazu, warf noch ein paar Kleidungsstücke aufs Bett und über die Stühle. Dann machte er sich auf den Weg.

Die Kinder im Hof unter ihm halten plötzlich inne. Er sieht eine dicke Frau mit einer Trillerpfeife zwischen den fleischigen Lippen. Mit einer Hand umklammert sie die Pfeife, mit der anderen fuchtelt sie wild in der Luft herum. Offenbar erteilt sie den Kindern Befehle. Er kann nicht hören, was sie sagt, aber die Kinder formieren sich diszipliniert zu einer Zweierschlange und warten bis sie eine scharfe Handbewegung in Richtung des Gebäudes macht. Dann marschieren sie geordnet los und verschwinden im Bauch des Hauses. Er reißt sich los. Die Sonne steht noch ein wenig tiefer.

Althea sitzt im Schulhof. Auf ihrem Schoß liegt das Jausenbrot, das sie angeekelt betrachtet. Seit Tagen hat sie keinen Appetit. Sie nimmt das Brot in die Hand und schleudert es weit fort.

– Hallo Al!, Louis setzt sich neben sie.

– Guter Wurf, sagt er anerkennend, sein blondes Haar leuchtet in der Sonne.

– Geht es dir gut?, fragt er und wirkt echt besorgt. In der Zwischenzeit wissen alle, dass Altheas Mutter verschwunden ist. Nahezu jeden Tag kommen die beiden Herren von der Polizei ins Haus und informieren Egon über den aktuellen Stand der Dinge. Sie hasst Fragen wie die, die Louis ihr gestellt hat. Wie soll es ihr schon gehen? Sie ist sieben Jahre alt und weiß nicht was morgen sein wird. Vielleicht ist ihre Mutter längst tot, vielleicht kommt sie nie wieder zurück.

– Ganz gut, lügt sie.

– Magst du heute Nachmittag zu mir kommen? Wir könnten in die Baumhütte klettern und Schokolade essen. Ich bin grad bei Papa. Das ist nicht so weit weg von deinem Haus.

– Vielleicht, sagt Al. Louis streichelt ihren Kopf.

– Sie kommt wieder, sagt er leise, – ganz bestimmt kommt sie wieder.

– Was weißt du schon, schreit Al, springt auf und rennt ins Schulgebäude.

Ein schrilles Klingeln kündigt das Ende der Pause an.

Al baut sich vor ihm auf, als er aus der Dusche kommt. Sie sieht ihn an, als würde sie ein Gutachten seines Körpers erstellen. Sie zieht an seinem Haar, wischt ihm einen verlassenen Tropfen Wasser von der Wange.

– Das hat aber lange gedauert. Was hast du da drin gemacht? Ich hab schon gedacht, du hast dich durch die Abwasserrohre aus dem Staub gemacht, sie lacht.

– Die Kleider stehen dir ausgezeichnet. Ein bisschen reinwachsen musst du halt noch. Aber an deinem Aussehen müssen wir noch etwas arbeiten. Wir wollen ja nicht, dass dich jemand wiedererkennt. Um die beiden Witzfiguren, die dich hergebracht haben, kümmere ich mich.

Das sagt sie mit einem seltsamen Glitzern in den Augen. Louis möchte nicht daran denken, was sie mit „kümmern" meint. Er will es gar nicht wissen. Sie drückt ihm eine Packung mit Haarfärbemittel in die Hand und macht eine Bewegung mit dem Kopf in Richtung Bad.

Langsam schlurft er dorthin zurück, von wo er eben erst gekommen war. Er schaut in den Spiegel. Das hatte er vorhin vermieden. In den Spiegel schauen. Jetzt tut er es, ein abgezehrter Typ mittleren Alters schaut ihm entgegen. Er erkennt sich selbst nicht. Ein Fremder im Spiegel, der die Bewegungen, die er macht, synchron ausführt. Sein Haar ist noch nass und steht wirr vom Kopf ab. Er sieht auf die Packung mit dem Färbemittel, die er in seinen Händen hält, öffnet sie und liest sich die Gebrauchsanweisung aufmerksam durch.

– Möchtest du mir nicht deinen Namen verraten? Tonyas Stimme klingt freundlich, fast liebevoll, – ich würde gerne wissen wie du heißt.

– Wirklich?, fragt er ungläubig.

– Ja, sagt Tonya, wir sind jetzt schon so lange zusammen und ich weiß immer noch nicht wie du heißt.

– Ezra.

– Ezra, wiederholt Tonya, – schöner Name.

– Hast du Kinder, Ezra?

– Nein, wie kommst du darauf?

– Hättest du gerne Kinder?

– Nein, wozu?

– Es ist schön mit Kindern. Sie machen das Leben reicher.

– Glaub ich nicht.

Er beginnt sein Werkzeug auszupacken, um mit der Arbeit an ihrem Körper fortzufahren. Seit ein paar Tagen betäubt er sie nicht mehr. Vielleicht, weil ihr Verhalten ihm gegenüber sich verändert hat. Vielleicht, weil er sich sicher fühlt. Die Polizei tappt offenbar im Dunkeln. Keine Spur führt zu ihm. Er ist gut, in dem was er tut. Sehr gut. Und er ist schlau, seine Planung ist unschlagbar.

– Bald haben wir es geschafft, sagt er.

– Was?

Er lächelt sein breites Lächeln.

– Mein Kunstwerk ist bald vollendet. Mein Meisterstück.

Er betrachtet sie prüfend. Sein Blick gleitet voll Stolz über ihren nackten, über und über mit Tattoos geschmückten Körper.

– Ein schönes Bild. Ich werde es mir ins Wohnzimmer hängen.

Louis kann es immer noch nicht glauben. Er ist raus. Raus aus diesem Zellenloch. Dennoch fühlt er sich zum Kotzen. Al hat ihm ein Angebot gemacht, „das er nicht ablehnen konnte". Sie hat ihm sein Leben geschenkt. Im Gegenzug dazu verlangt sie von ihm, für sie zu arbeiten.

– Das ist doch ein faires Angebot, hat sie gesagt.

– Ich geb dir etwas und bekomme dafür etwas zurück. Sie hat die Schultern hochgezogen und ihm ein in Folie eingeschweißtes Ausweisdokument in die Hand gedrückt.

– Damit kannst du dich überall frei bewegen. Aber komm nicht auf den Gedanken, abzuhauen. Ich lass dich nämlich beschatten, fügt sie grinsend hinzu.

Er starrt auf das Bild, das in den Ausweis geklebt ist, wie hatte sie das so schnell machen können? Lukas Berner. Das also war er jetzt. Lukas Berner. Ein Typ mit blauen Augen und schwarzem Haar, spitzer Nase und hohen Backenknochen. Er betrachtet sein neues Ich. Es ist ihm fremd, so wie er sich selbst fremd ist. Also ist es schon egal, wer er jetzt ist. Louis Bernard oder Lukas Berner.

– Wieso machst du das?, er hebt langsam den Kopf
und sieht ihr ins Gesicht.

– Ich weiß nicht, vielleicht der alten Zeiten wegen.
Vielleicht, weil ich denke, dass du für mich noch nützlich werden kannst.

– Inwiefern nützlich?

– Ich hab da so eine Ahnung. Möglich, dass ich mich
irre. Möglich, dass ich mich komischerweise verantwortlich für dich fühle. Unsere Freundschaft war eine
besondere. Damals.

– Damals ja. Aber heute sind wir keine Freunde mehr.

– Wer weiß, vielleicht werden wir ja wieder Freunde,
sie lächelt verschmitzt.

– Das denke ich nicht, Louis kratzt sich am Kopf.
Die Farbe hat seine Kopfhaut gereizt. Ihr Gestank hallt
immer noch in seiner Nase nach.

– Wir werden sehen, sagt sie fröhlich.

– Wir müssen uns einfach wieder kennenlernen.
Aber erst einmal zeige ich dir dein neues Zuhause. Du
solltest dich ausruhen und ein paar Tage entspannen. In
der Zwischenzeit werde ich einen Arbeitsplatz für dich
einrichten.

– Was für eine Arbeit soll das sein? Ich bin Lektor,
etwas anderes hab ich nie gemacht.

– Ich weiß, es wird in diese Richtung gehen. Ich hab
da schon ein paar Ideen. Vielleicht schreiben wir meine
Biographie zusammen. Was meinst du?

Louis schüttelt den Kopf.

– Vorerst kannst du mal beim *AZT*-Report anfangen, sagt sie

– Komm, ich bring dich jetzt in deine Wohnung. Wenn du wieder bei Kräften bist, werden wir weitersehen. Sie klopft ihm auf die Schultern.


– Herr Zenker?

– Ja, am Apparat.

– Wir haben ihre Frau gefunden.

Egons Hände, sein gesamter Körper beginnen zu zittern.

– Was?, sagt er, auch seine Stimme zittert, – wo, wie ist sie …

– Beruhigen Sie sich. Sie ist am Leben. Sie ist im Spital am Feld. Können Sie herkommen?

– Ja, seine Stimme ist kratzig. Er packt das Handy in seine Jackentasche, sucht mit fahrigen Bewegungen nach dem Autoschlüssel und rennt aus der Türe. Während der Fahrt bewegen sich seine Gedanken wie auf einer Achterbahn, er kann sie nicht fassen, keinen klaren Faden spinnen. Er fährt schnell. Nach 15 Minuten hält der alte Renault vor dem Krankenhaus. Die zwei Polizeibeamten, die den Fall bearbeiten, stehen am Eingang und erwarten ihn.

– Wo ist sie?

– Wir bringen Sie zu ihr. Erst aber müssen wir mit Ihnen sprechen, sagt der größere von ihnen. Egon versucht, sich an seinen Namen zu erinnern. Vergeblich.

– Ich will gleich zu ihr, sagt Egon aufgeregt.

– Nur kurz, es dauert nicht lang. Sie geleiten ihn in den Aufenthaltsraum des Krankenhauspersonals.

– Herr Zenker, setzen Sie sich.

– Ihre Frau lebt. Sie ist in einigermaßen guter Verfassung. Doch bevor Sie sie sehen, möchten wir Ihnen gerne noch etwas sagen. Ihre Frau hat ihren Peiniger mit einem Tattoomesser erstochen.

– Ich verstehe nicht … erstochen …

Der Polizist räuspert sich.

– Ihr Körper ist übersät mit Tattoos. Offenbar hat sie eines der Messer ihres Entführers in die Hände bekommen und dann auch benutzt. Sie hat sich selbst befreit. Ein Autofahrer hat sie dann nackt auf der Lemingerstraße herumlaufen sehen. Sie war ziemlich verwirrt, stand unter Schock. Er hat sie hergebracht.

*AZT-Report vom 5. Juni 2049*

*In der Nacht vom 3. auf den 4. Juni des Jahres sind zwei Menschen in den Felswänden des Hohen Bergs ums Leben gekommen. Ein vertrauenswürdiger Augenzeuge berichtet, gegen zwei Uhr morgens, von seinem Fenster im Almfrieden aus, gesehen zu haben, wie sich zwei erwachsene Personen dem Abgrund näherten und hinabgesprungen sind. Die Leichen eines Mannes und einer Frau wurden heute Vormittag geborgen und an die AZT-Körperverwertungsgenossenschaft überstellt. Keiner der beiden führte die erforderlichen Dokumente bei sich, was annehmen lässt, dass sie der terroristischen Gruppierung der wfess! angehören. Die Identifizierung der Personen mittels Gesichtserkennung ist durch die schweren Verletzungen, die sie sich im Kopf- und Gesichtsbereich zugezogen haben, nicht eindeutig. Die ungefähr 50-jährige Frau hatte brünettes Haar, war zirka 1,70 Meter groß und schlank. Sie trug Jeans, ein kariertes Hemd und grüne Turnschuhe. Der Mann, geschätzt 47 Jahre alt, war zirka 1,90 Meter groß, hatte dunkles gelocktes Haar, einen schmalen Körperbau. Er trug ein blaues Hemd, Jeans und braune Lederschuhe. Zudem befand sich auf seinem Rücken ein großer Rucksack, in dem ein zirka fünfjähriger Junge steckte. Letzterer hat den Sturz überlebt. Laut Auskunft des AZT-Hospitals, wurde der Bub durch den Sturz zwar schwer verletzt, befindet sich mittlerweile jedoch außer Lebensgefahr. Nach seiner Genesung wird er der AZT-Jugend überstellt.*

*Zweckdienliche Hinweise zur Identifizierung der Personen unter: Tel.: 44904 44904*


Als Louis die Zeilen liest, weiß er sofort, um wen es sich handelt. Er möchte schreien, Amok laufen, alles verbrennen, das ihm in den Weg kommt. Er will sich die schwarzen Haare raufen, weinen wie ein Waschweib. Gleichzeitig ist er wie Stein. Sara ist tot. Kein Zweifel. Karl auch. Aber Gilbert. Er lebt. Und er muss weiterleben. Er wird dafür sorgen, dass es ihm gut geht. In der Maschinerie der *AZT* hat er keine Chance, wenn er keine Unterstützung erhält, ist ausgeliefert, wenn er keine Rückendeckung bekommt. Die Gedanken schießen vom einen zum anderen, überkreuzen sich. Er muss verhindern, dass es einen DNA-Abgleich zwischen ihm und Gilbert gibt, denkt er gehetzt. Und wenn doch, muss er es schaffen, die Proben zu vertauschen, auch wenn er im Moment noch keine Ahnung hat, wie er das anstellen soll. Er muss verhindern, dass sie Gil als seinen Sohn identifizieren. Sie würden beide in die Rituale geschickt werden. Al würde wissen, dass Louis die ganze Zeit gelogen hat. Welch sadistische Freude würde sie dann wohl überkommen, wenn ihrer beider Köpfe rollen und sie ihrer Haut beraubt werden würden. Er hält sich den Kopf. Seine Hände zittern. Er muss sich beruhigen, keine Regung zeigen. Er reißt sich zusammen. Schickt seine Korrekturen an den Redakteur. Mühsam erhebt er sich. Geht an allen vorbei mit einem stummen Lächeln. Er steigt auf sein Fahrrad und fährt nach Hause. Dort angekommen, macht er die schon zur Gewohnheit gewordenen Tests. Er hält nach Wanzen, nach Kameras Ausschau. Erst als er sicher ist, dass sie ihn nicht von Neuem verwanzt haben, wirft er sich aufs Bett und fängt zu weinen an.

Vor ein paar Tagen hat Al ihm mitgeteilt, dass sie ihre Schergen nach Kottenunzen geschickt habe und es tatsächlich so aussieht, als habe er, Louis, dort gewohnt.

– Ein wenig chaotisch, haben sie gesagt, hat es dort ausgesehen. Du musst ja sehr einsam gewesen sein, fügte sie mit einem schrägen Lächeln hinzu.

Sein Umweg hat sich also bezahlt gemacht. Sie glaubt ihm nun unberufen. Das darf er nicht aufs Spiel setzen.


Tonya betrachtet ihren Körper. Ezra hat ihr einen Spiegel ins Zimmer gestellt. Sie betrachtet ihn wie einen fremden Gegenstand. Selbst ein Teil des Gesichts ist nun von Pflanzenranken bedeckt. Das einzige, das ihr noch vertraut ist, sind die Haare. Ihre dunkelbraunen Locken. Sie unterdrückt ihren Ekel vor sich selbst und geht ans Fenster. Inzwischen sind die Holzbalken verschwunden. Das Fenster jedoch ist versperrt, das Glas offenbar bruchsicher. Sie hat vergeblich versucht, es einzuschlagen. Mit den Händen alleine war da jedenfalls nichts zu machen. Sie kann jetzt hinausschauen. In der Ferne schimmert die Wasseroberfläche eines kleinen Sees in der Sonne. Ansonsten sieht sie nur Bäume, einen grenzenlos scheinenden Wald.

– Ein schönes Bild. Ich werde es mir ins Wohnzimmer hängen, hat er gesagt. Sie fragt sich, was das zu bedeuten hat. Will er ein Foto von mir machen und das in seinem Wohnzimmer aufhängen? Oder will er mir die Haut mit den schönen Tattoos abziehen …

Sie weiß, dass es Zeit ist. Zeit zu handeln. Sie fühlt sich gut. Seit Wochen bekommt sie keine Injektionen mehr. Ihr Verstand arbeitet wieder. Klar und zielgerichtet.

Louis hört, wie jemand den Schlüssel ins Schloss der Eingangstür steckt. Mit lautem Gepolter geht die Tür auf.

– Na, da hat sie sich ja was ganz Besonderes einfallen lassen.

Es ist Altheas Stimme, die aus dem Vorzimmer zu ihm ins Schlafzimmer dringt. Sie ist aufgebracht. Er wischt sich mit dem Polsterzipfel über die Augen und steigt aus dem Bett.

– Wovon sprichst du, sagt er während er in den Flur tapst.

– Na, von dieser Schlampe und ihrem Bruder, echauffiert sie sich.

– Du musst es doch gelesen haben, Herr Lektor. Ihre Stimme ist schrill, fast überschlägt sie sich.

– Ich weiß nicht, was du meinst, stellt er sich dumm.

– Die beiden, die letzte Nacht vom Hohen Berg gesprungen sind. Das waren Sara und ihr geliebter Bruder.

– Wirklich, fragt er und versucht, erstaunt zu wirken.

– Ja, genau. Die Menschen sind so krank. Sie schüttelt angeekelt den Kopf.

– Das aus deinem Mund. Er kann es nicht zurückhalten, es rutscht ihm einfach über die Lippen.

– Wir hatten ihn ja schon, fährt sie fort, – ich meine, den Bruder. Vor ein paar Jahren hat ihn einer meiner 1. Offiziere in Mexiko aufgestöbert. Sie haben ein wenig gefeiert mit ihm und einem anderen Opfer. Sie haben sich ein bisschen amüsiert. Du weißt schon … Angeblich war Karl schon tot, als die mexikanischen Aufrührer aufgetaucht sind und unser Opfer gestohlen haben. Meine Leute mussten kurzerhand abhauen und haben alles liegen und stehen gelassen.

– Nicht sehr gründlich, deine Offiziere, hm?, sagt Louis ruhig.

Sie beginnt hysterisch zu kreischen.

– Was fällt dir eigentlich ein, so mit mir … okay. Ich hör schon auf. Es war auch noch ein Balg dabei. Ein Junge von zirka fünf Jahren. Er hat den Sprung in die Tiefe überlebt. Mich würde interessieren, wer der Vater ist. Ob sie die Mutter ist? Zuzutrauen wär es den beiden ja, einen Inzestbastard in die Welt zu setzen, sie schluckt und atmet tief durch.

– Entschuldige, das hat mich ein wenig aus der Contenance gebracht. Den 1. Offizier hab ich übrigens in den Ruhestand geschickt, nachdem ich die Information bekam, dass man Karl gesichtet hat.

– In den Ruhestand, so nennst du das also?, sagt Louis.

– Ich hab ihn wirklich in den Ruhestand versetzt. Ich konnte ihn nicht in die Rituale schicken. Er ist einer meiner treuesten Follower. Da gibt es schon Grenzen.

Sie zupft an ihren Ärmeln und streicht ihren Rock glatt.

– Du hast einen Schlüssel zu meiner Wohnung?, fragt Louis.

– Natürlich, was glaubst du denn? Ich hab für alles einen Schlüssel.

Nun wirkt sie wieder so arrogant und gelassen, wie immer.

– Ich hab schon einen DNA-Tests veranlasst. Wenn der Bruder der Vater ist, haben wir gewonnen. Dann können wir denen von der *wfess!* so richtig schön in den Arsch treten. Die Leute mögen so Inzestzeug nämlich gar nicht. Zumindest die meisten finden es abartig.

– Abartig, wiederholt Louis bitter.

– Was ist los mit dir? Sie sieht ihn forschend an.

– Ich hab geschlafen, als du hier eingebrochen bist, erwidert er.

– Eingebrochen? Ich hatte einen Schlüssel!

– Genau das gefällt mir gar nicht. Gib ihn mir.

Sie lacht und wedelt mit den Schlüsseln vor seinem Gesicht.

– Du hast ganz rote Augen. Hast du geweint?


Als Egon die Tür zum Krankenzimmer öffnet, in dem sich seine Frau befindet, ist er außer Atem. Nach dem Gespräch mit den Beamten hat er sich die Zimmernummer geben lassen und ist wie wild geworden losgerannt.

Er stößt die Tür auf. Tonya liegt im Bett und hat die Augen geschlossen.

– Tonya, flüstert er.

Langsam schlägt sie die Augenlider auf und lächelt matt.

– Tonya. Er setzt sich an den Bettrand und streichelt ihre Stirn, fährt mit den Fingern die Linien der Ranken, der Ornamente und Figuren, die ihre Gesicht bedecken entlang, während stille Tränen seine Wangen entlang fließen.

**FORTSETZUNG FOLGT ...**

# INHALT